DA DRAUSSEN IM WALD

W0312063

Ernest Zederbauer

DA DRAUSSEN IM WALD

Ein Waldviertel-Krimi

styria krimi

1

Zum wiederholten Male stand sie auf, ging zum Fenster und starrte reglos in die satinglänzende Schwärze der Nacht. Schaute zum wiederholten Male auf die Uhr, wie in den Stunden zuvor. Es war drei Uhr früh und ihr Mann war noch immer nicht zurück. Es war nicht seine Art, die Abende im Gasthaus zu verbringen. Er spielte nicht, er trank nicht, er ging selten aus. Er war am späten Nachmittag noch einmal in den Wald gegangen, um nachzusehen, ob der Holztransporter schon da wäre. Deshalb hatte er sein Gewehr nicht mitgenommen, auch den Hund daheim gelassen. Sie stutzte. Warum eigentlich? Warum war er ohne den Hund gegangen, wo er doch so gut wie nie ohne ihn fortging? Und warum hätte am Sonntag der Holztransporter kommen sollen, er kam doch nie an einem Sonntag, oder? Heute war doch Sonntag, oder nicht? Sie wusste schon nicht mehr, was sie denken, woran sie glauben sollte.

Sie kehrte dem Fenster den Rücken zu, schlüpfte wieder unter die Bettdecke, versuchte zu schlafen, allein, sie konnte nicht. Knipste die Nachttischlampe an, begann ihre Gedanken neu zu ordnen. Immer mehr Fragen tauchten auf, immer mehr Zweifel machten sich breit. War er wirklich in den Wald gegangen? Sonntag war doch der einzige Tag in der Woche, den er sich freihielt. An dem sie vormittags für alle sichtbar das glückliche Ehepaar spielten, welches Arm in Arm zur Messe ging, unten im Dorf. Wo man ihnen Respekt zollte, dem Oberförster und seiner hübschen Frau, beide versehen mit dem Stempel der Ehrbarkeit. Sehen und gesehen werden, so lautete die Devise. Nur nicht auffallen, immer den Schein der Normalität wahren. Dem Dorftratsch keine Angriffsfläche bieten, zeigen, dass alles in Ordnung war. Es war doch alles in Ordnung, oder? Sie waren seit achtzehn Jahren glücklich verheiratet, oder etwa nicht?

Sie kannte all das Geraune, welches damals durch das kleine Dorf gegangen war, aus dem sie stammte, dem sie zugehörig war. Er war zwei Monate zuvor im Forsthaus eingezogen, oben am Berg, am Rand des großen Waldes, welcher der Herrschaft gehörte. Hatte damals den Posten des pensionierten Oberhuber erhalten, er, der fesche Forstingenieur aus der Stadt. Ein gestandenes Mannsbild, so wie die Bäume, die hier wuchsen. Alle Frauen des Dorfes hatten ihn umschwärmt, nicht nur Mädchen, sondern auch Verheiratete. Bald schon wurde gemunkelt, man hätte ihn mal mit dieser, mal mit jener gesehen, und als man einige Frauen zum Bäumchensetzen suchte, meldeten sich plötzlich mehr als üblich. Auch sie hatte sich gemeldet, die Tochter aus gutem Hause, deren Vater Direktor der Volksschule war und die es als Hauptschullehrerin eigentlich nicht notwendig hatte, sich in den Ferien ein paar Groschen nebenbei zu verdienen. Angefeindet war sie worden, damals, weil sie sich in ihn verliebt hatte und seine Nähe suchte. Gezischt und gezüngelt wurde im Dorf, Neid und Eifersucht fanden ihren boshaften Weg an die Oberfläche, wo man sich abends beim Milchhaus das Maul über sie zerriss. Mit ihren dreißig Jahren war sie doch eine »Überstandige«, die bisher noch keinen Mann gefunden hatte, die keiner nehmen wollte. Bis zu jenem schicksalhaften Tag, an dem sie ihn erstmals sah, war sie froh und glücklich gewesen. Ein junge Lehrerin in der nahen Stadt, eine attraktive Frau. Sie hätte jede Menge Gelegenheit gehabt, Männerbekanntschaften zu suchen, aber sie wollte sich nicht binden, wollte frei sein und ihrer Musikleidenschaft frönen, da sie ausgezeichnet Klavier spielte. Das war ihre Befriedigung gewesen, nie war ihr der Gedanke an Ehe und Familie gekommen. Wahrscheinlich wäre alles so geblieben, wie es war, und vielleicht wäre es besser gewesen. Doch er war der erste Mann, zu dem sie sich hingezogen fühlte, und sie war ihm nachgelaufen, ohne sich dafür zu schämen. Es war einfacher gewesen, als sie dachte. Sie hatte sich angeboten, er hatte das Angebot angenommen und im Juni 1994, zwei Monate später, wurde geheiratet. Es war ihr ganz egal, dass sich die anderen Frauen neidvoll darüber ihre Schandmäuler zerrissen, dass er um vier Jahre jünger als sie war. Sie hatte ihm all ihre Liebe geschenkt und war glücklich dabei. Irgendwann später hatte die anfängliche Leidenschaft den Platz geräumt, war tief versunken in abgestandene Gleichgültigkeit. Man ging weiterhin Arm in Arm in braver Sonntagsbürgerlichkeit zur Kirche, aß weiterhin am selben Tisch, ging weiterhin schweigsam die eigenen Wege und schlief dann und wann, wenn auch in immer länger werdenden Abständen, pflichtgemäß und schweigend miteinander, denn man war ja verheiratet.

Plötzlich schämte sie sich. Warum denke ich so, warum bin ich so verbittert, so ungerecht, jetzt, wo er nicht da ist, sich nicht verteidigen, rechtfertigen kann. Vielleicht ist ihm irgendetwas zugestoßen, vielleicht liegt er irgendwo da draußen in der Finsternis und schreit um Hilfe. Wie schon zwei Stunden zuvor rannte sie wieder in die Bauernstube zum Waffenschrank. Doch alle Waffen standen im Regal, gepflegt und sicher aufbewahrt wie immer, ohne sichtbare Lücke. Auch der Hund lag da und schlief auf seiner Matte. Wie schon so oft in dieser Nacht griff sie nach dem Handy, wählte seine Nummer, sprach vergeblich auf die Mailbox. »Warum«, so fragte sie verzweifelt, »hast du dein Handy nicht eingeschaltet? Du hast es mir doch versprochen! Man kann ja nie wissen, was passiert, da draußen im Wald.« Doch so oft sie auch wählte, es tat sich nichts.

Sie wusste nicht mehr ein oder aus. Sollte sie die Polizei verständigen? Jetzt, um diese Zeit? Was könnte die schon tun? Vor Tagesanbruch würde überhaupt nichts geschehen, und sollte er doch nach Hause kommen, dann wäre sie die Blamierte. Was aber, wenn er nicht mehr nach Hause käme? Wo würde er die Nacht verbringen? Er kannte den Wald wie seine Westentasche, also konnte er sich nicht verirrt haben. Wenn er sich verletzt hätte, irgendwo im Dickicht läge, dann konnte sein Hund ihn aufspüren. Er war Waldläufer genug, um einen provisorischen Unterschlupf für die Nacht zu finden. Spätestens um fünf würde es hell werden und er würde heimkommen, war sie sich sicher.

Sie versuchte wieder, etwas Schlaf zu finden, doch sie konnte es nicht. Wälzte sich ruhelos im Bett hin und her, den Kopf gedankenschwer und voller Zweifel. Konnte es sein, dass er bei einer anderen Frau schlief, mit einer anderen Frau schlief? War er nicht in der letzten Zeit wortkarg, ja sogar schroff gewesen? Wie lange war es her, dass er sie geküsst, in die Arme genommen, mit ihr geschlafen hatte? Hatte er eine Jüngere, Frischere, Leidenschaftlichere? Warum lief ihre Ehe nicht mehr so gut? War sie schuld? War er schuld? Waren sie beide schuld? Hatte sich ihre Ehe im Laufe der Jahre abgenutzt wie ein Küchengerät, ein Werkzeug? Seit wann gibt es die Sprachlosigkeit zwischen uns, das ständige Sich-aus-dem-Weg-Gehen? Sie grübelte und grübelte und fand keine Antwort. Kälte machte sich breit im Raum, kroch unter ihrer Bettdecke in ihr Herz.

Hat aber nicht Hegel gesagt, dass die Liebe das Absolute ist und erst am Schluss stirbt? Der Liebende stirbt zwar im anderen, aber diesem Tod folgt eine Rückkehr zu sich selbst. Ein eisiger Schauer rann ihr über den Rücken. Warum dachte sie jetzt, ausgerechnet jetzt, an den Tod? Wusste sie, fühlte sie, dass ihrem Josef, ihrem Sepp, wie sie ihn früher liebevoll genannt hatte, etwas zugestoßen war? Dass er – tot war?

2

Als flache Sonnenstrahlen durch den Vorhang sickerten und fingergleich über die Bettdecke strichen, stand sie auf. Rasch zog sie sich an, nahm den Hund an die Leine und ging in den Wald hinaus. Sie liebte den Wald ebenso wie ihr Mann. Doch auch hier wurde ihr der Gegensatz zwischen ihnen schmerzlich bewusst. Für ihn war der Wald eine Arbeitsstätte, die er zu verwalten, zu hegen und zu pflegen hatte. In der es um die Holzwirtschaft ging, um Schlägerung und Aufforstung, um Windbruch und Käferbäume, um die Anlage von Fahrwegen und die Lagerung sowie den Abtransport der Stämme. Dafür war er verantwortlich, seinem Arbeitgeber, der Herrschaft, Rechenschaft schuldig. Die Hege des Wildbestandes gehörte natürlich ebenfalls zu seinen Aufgaben, er hatte dafür zu sorgen, dass sich dieser in Grenzen hielt, um den Bäumen so wenig wie möglich Schaden zuzufügen.

Für sie war der Wald Ausdruck ihrer Spiritualität, die auf der Verehrung der Natur und ihrem Verständnis dafür, in Einklang mit ihren Zyklen und Bedürfnissen zu leben, beruhte. Für sie war ein Baum ein lebendes Wesen, Teil einer allumfassenden Harmonie und nichts, das man in Festmetern, Gewinn oder Verlust berechnete. Sie sah in der Natur einen wesentlichen Bestandteil ihrer Seelenebene, die sie mit all ihren Sinnen wahrnahm. Schon als Kind verweilte sie viele Stunden mutterseelenallein im Wald, vernahm das Raunen der Äste im Wind, das leise Gluckern eines Wasserlaufes, erfreute sich an all den Licht- und Schattenspielen im Unterholz. Jede kleine Tannennadel, jeder dahinkrabbelnde Käfer war ein guter Freund. Die allumfassende Harmonie der Natur mit ihren ureigenen Regeln, Rhythmen und Gesetzen faszinierte sie ungemein. Ihr Vater, der im Dorf als Exzentriker galt, da er bei den ersten Sonnenstrahlen nach langen Wintermonaten bereits barfüßig im Wald herumlief und dabei mit den Bäumen sprach, hatte ihr die sinnliche Erlebbarkeit der Natur nahegebracht und sie geprägt. Er war ihr Mentor, der ihr die Freundschaft, aber auch die Verantwortung für die Natur und die Schöpfung tief ins Herz gepflanzt hatte. Was sie draußen in der freien Natur empfand, ging weit über das Physische hinaus. Eines Tages hatte sie dieses Gefühl, welches sie bei ihren Streifzügen durch den Wald wahrnahm, ihrem Mann erklären wollen, doch er hatte sie nur ausgelacht, sie eine Mystikerin, eine Esoterische genannt. In diesem Moment begriff sie, dass man das Unerklärliche nicht erklären kann.

Ihr Sepp war eben ein verstandesmäßiger Mensch, für den es in der Natur keine romantisch verklärten Wesen gab, weder Zwerge noch Elfen. Ihr aber hatte sich auf wundersame Art der Geist eröffnet, der ihr den Sinn der Natur, die Sprache der Natur offenbarte. Wenn sie auf einer Waldwiese stand, in der frühen Morgensonne auf blühende Wiesenblumen und schwärmende Insekten sah, glasklar den Gesang der Vögel und das Rauschen in Blättern vernahm, dann wurde ihr mit einem Mal die Weisheit der Natur in all ihren Metamorphosen und Eigentümlichkeiten durchsichtig, dem absolut Göttlichen nah.

Doch in diesem Augenblick hatte die Sorge um ihren Sepp all diese Gedanken weggefegt. Immer weitere Kreise zog sie durch den Wald, immer wieder schrie sie seinen Namen laut in den dampfenden Forst hinein. Ließ den Hund von der Leine, immer wieder das Kommando »Such's Herrl!« gebend. Zwei Stunden Zeitlimit hatte sie sich gesetzt, dann erst wollte sie umkehren und die Polizei verständigen. So sehr sie auch suchte, so wenig fand sie. Keine Spuren, keine Blutspritzer, keine verräterischen Zeichen einer Kampfhandlung. Grässliche Bilder geisterten durch ihr Gehirn. Bilder von einem Wilderer mit schwarz gefärbtem Gesicht und tödlicher Schrotflinte, von Dieben, die Holz verluden, welches nicht ihnen gehörte, von einem stürzenden Baum, der ihren Sepp unter sich begrub. Hastig, von innerer Unruhe zerrissen, stolperte sie durch den Wald. Seltsam, so dachte sie, dass der Hund so ruhig war. Dass er ihre Unruhe, ihre Furcht nicht verstand und gleichmütig neben ihr hertrottete.

Knapp vor sieben Uhr kehrte sie in das Forsthaus zurück, griff mit zitternder Hand nach dem Telefon, wählte die Nummer der Polizei. Der Postenkommandant, ein Schulfreund aus der Volksschulzeit, war selbst am Telefon. »Hallo Roland, ich bin es, die Susi, du musst mir helfen, der Sepp ist nicht nach Hause gekommen. Ich fürchte, dass ihm etwas zugestoßen ist!«

Er spürte die Verzweiflung in ihren Worten und versicherte ihr, in fünfzehn Minuten beim Forsthaus zu sein. Er wollte unnötiges Aufsehen vermeiden, nicht allzu früh die Klatschmaschinerie des Ortes anwerfen. So rasch er konnte, fuhr er zu ihr und nahm die Vermisstenanzeige zu Protokoll.

»So, jetzt erzähl mir in aller Ruhe, was passiert ist. Wann ist er von zu Hause weggegangen?« Sie berichtete ihm stockend, mit Tränen in den Augen. »Er ist gestern nachmittags gegen fünf Uhr noch einmal rausgegangen in den Wald, wollte eine Holzverladung kontrollieren, seitdem ist er wie vom Erdboden verschluckt. Ich hab die ganze Nacht nicht schlafen können und bin dann im ersten Morgenlicht mit dem Hund hinausgegangen, um ihn zu suchen. Doch weder er noch ich haben irgendeinen Hinweis entdeckt!«

»Aber gestern war doch Sonntag, da kommt doch kein Holztransporter«, kam postwendend die Antwort des Polizisten. Sie heulte auf. »Das macht ja die ganze Sache so mysteriös, vor allen Dingen, dass er seinen Hund nicht mitgenommen hat, den hat er doch sonst immer dabei!«

»Hat er sein Gewehr mitgehabt?« »Nein«, entgegnete sie, »auch das ist noch hier!« Sie ging mit ihm zum ordnungsgemäß versperrten Waffenschrank, zeigte ihm, dass alle Waffen an ihrem Platz waren. Kopfschüttelnd und mit den Nerven am Ende ließ sie sich auf der Eckbank nieder und ihren Tränen freien Lauf. »Ich weiß wirklich nicht, was ich tun soll, er war doch immer ein Muster an Verlässlichkeit, kannte den Wald und seine Tücken in- und auswendig. Vielleicht liegt er irgendwo da draußen und ich kann ihm nicht helfen!«

Abteilungsinspektor Raffl beruhigte sie. »Ich verspreche dir, alles zu tun, was in meiner Macht steht. Ich werde die Feuerwehr verständigen, um Verstärkung ansuchen und nach Mittag mit einem Suchtrupp den Wald durchkämmen. Vielleicht klärt sich die ganze Angelegenheit zum Guten.« In der Tür noch drehte er sich um. »Hat er denn sein Handy nicht mit?«

»Er muss es mithaben, denn ich habe es im Haus nirgendwo gefunden, vielleicht ist der Akku leer, vielleicht hat er es auch verloren. Ich hab ihn die ganze Nacht hindurch immer wieder angerufen und kein Signal empfangen!«

Kopfschüttelnd fuhr Raffl in das Dorf zurück. Gedankenversunken dachte er an den Oberförster, mit dem er im Winter ab und zu in die Herrensauna ging. Was konnte da nur passiert sein? Der Abgängige war unbescholten, ein gestandenes Mannsbild von vierundvierzig Jahren mit eiserner Konstitution, den nichts so leicht erschüttern konnte. Verirrt konnte er sich nicht haben, dazu kannte er den Wald zu gut.

Die Gefahr eines Herzinfarkts schloss er im ersten Moment auch aus. Doch was heißt das schon, fragte er sich, man kann auch in jungen Jahren einen Herzinfarkt bekommen oder eine Lungenembolie, gänzlich unvorbereitet. Wenn das aber der Fall wäre, dann war es wahrscheinlich schon zu spät. Denn in solch einem Fall zählt jede Minute und nun waren schon über dreißig Stunden vergangen.

In der nächsten halben Stunde herrschte regsame Betriebsamkeit auf dem Polizeiposten. Raffl telefonierte mit der Herrschaft, dem Bezirkskommando und dem Kommandanten der Freiwilligen Feuerwehr. Binnen einer Stunde stellte er einen Suchtrupp auf die Beine. Um zwei Uhr nachmittags trafen sich an die dreißig Leute beim Forsthaus, auch einige Dorfbewohner waren zur Stelle. Gemeinsam mit dem Feuerwehrkommandanten bildete er drei Postenketten mit je zehn Personen. Bis zum Anbruch der Dunkelheit durchkämmten sie den Wald ohne jeglichen Erfolg. Raffl forderte die Hundestaffel für den nächsten Tag an, man wollte sich am Dienstag um acht Uhr zu einer neuerlichen Suchaktion treffen.

Die ersten vier Stunden verliefen ereignislos. Alles, was man fand, war eine verrostete Kettensäge, die irgendwann ein Holzfäller vergessen hatte, sie war mittlerweile wohl unbrauchbar geworden. Mittags kam die Suchmannschaft beim Forsthaus zusammen. Susanne hatte Leberkäsesemmeln und Bier aus dem Supermarkt geholt. Sessel wurden aufgestellt, jede Möglichkeit zum Niedersetzen ausgenutzt. Als Raffl sich erleichtern musste und ein Stück in den Wald hineinging, wurde er Zeuge eines Dialoges zwischen zwei Feuerwehrmännern. Diese saßen abseits der großen Gruppe auf einem Granitfelsen. Den einen kannte er, einen Eisenbahner in Frühpension, der andere jedoch war ihm fremd.

»Wenn du mich fragst, dann war der Sepp ein richtiges Arschloch. Der hat mich angezeigt, weil ich mir einen kleinen Christbaum aus der Baumschule am Waldrand besorgt hab. Um die Strafe dafür hätte ich zwanzig Christbäume bekommen. Von mir aus kann der Mensch im Wald verrecken, mir tut es nicht leid um ihn!«

»Wenn du so blöd bist und einen Christbaum stiehlst, dann ist dir wirklich nicht zu helfen. Du hast doch selbst ein Stück Wald, warum bist du nicht dort hingegangen?«

»Tu doch nicht so unschuldig«, verteidigte sich der Christbaumdieb, »das ist doch eine jahrhundertealte Tradition, dass man sich den Baum aus einem anderen Wald holt, oder nicht? Hast du das noch nie gemacht?«

Raffl schlich leise zur Gruppe zurück und gab den Befehl zum Aufbruch. Nun sollte der westliche Teil des Hochwaldes durchsucht werden. Ohne viel Aufheben nahm er den Feuerwehrkommandanten zur Seite und wollte von ihm mehr über diesen Mann wissen. »Wie heißt der Kamerad da drüben, der mit der Stoppelglatze?«

»Das ist der Lehner Herbert, ein nicht gerade angenehmer Zeitgenosse. Der ist bekannt für seine Wirtshausraufereien und hat deshalb schon vor Jahren eine bedingte Haftstrafe bekommen. Warum fragst du, ist was los mit ihm?«

»Nein, nein«, entgegnete der Polizeichef, »es ist mir nur ein bisschen komisch vorgekommen, dass er und sein Freund sich so weit von der Gruppe hingesetzt haben!«

Da die Suche auch am zweiten Tag ergebnislos blieb, wurde die Kriminalpolizei eingeschaltet. Zwei Krimineser aus Krems würden am Mittwoch gemeinsam mit der Hundestaffel den Suchtrupp verstärken.

Susannes Eltern waren gekommen, sie wollten und konnten

ihre Tochter in ihrem Kummer nicht allein lassen. Bis spät in die Nacht saßen sie in der Bauernstube beisammen und entwarfen immer neue Szenarien, was denn dem Sepp passiert sein könnte. Der Vater, Schuldirektor in Pension, griff zu Papier und Bleistift, fragte seiner Tochter ein Loch in den Bauch. Ob er Feinde hätte, jemals zuvor bedroht worden wäre, ob sich in den letzten Tagen verdächtige Leute rund um das Forsthaus herumgetrieben hätten, Holzdiebe, Wilderer oder am Ende gar illegale Flüchtlinge, die über die nicht allzu weit entfernte grüne Grenze immer wieder einsickerten. Susanne konnte sich an nichts Derartiges erinnern, konnte sich beim besten Willen nicht vorstellen, wer ihrem Sepp Böses wollte. Freilich wusste sie, dass ab und zu Christbäume gestohlen wurden, auch hatte es vor Jahren einmal Anzeichen von Wilderei gegeben, aber dafür bringt man doch keinen Menschen um und schon gar nicht ihren Sepp, oder? Ihre Nerven waren blank gefegt, ließen sie am ganzen Körper erzittern und öffneten ihre Tränenschleusen. Ihre Mutter nahm sie in die Arme. »Wein doch nicht, es wird ihm schon nichts passiert sein, vielleicht finden ihn die Hunde morgen. Der Papa fährt jetzt wieder nach Hause, aber ich werde bei dir schlafen, damit du etwas Ruhe finden kannst! Vorher aber beten wir noch ein Vaterunser, damit der liebe Gott schützend seine Hand über den Sepp hält, was immer ihm da draußen auch passiert sein möge!« So reichten sich die drei die Hände und suchten Beistand bei dem, der alles wusste, der immer war. Der Vater fuhr ins Dorf zurück, wollte im Gasthaus noch Informationen über etwaige Tratschereien über seinen Schwiegersohn einholen und ließ die beiden Frauen in ihrem Kummer allein zurück.

Susannes Vater war auch jetzt noch, mit achtzig Jahren, eine bemerkenswerte Erscheinung. Groß und schlank ging er stets aufrecht, die Hände am Rücken verschränkt. Von ihm hatte sie ein positives Verständnis der Natur erlernt. Er war bereits als junger Lehrer vor fünfzig Jahren, als es zwar den Begriff »Freiluft« im Stundenplan gab, aber noch kein Mensch von Waldpädagogik sprach, mit seinen Schülern bei Wind und Wetter in den Wald marschiert. Hatte ihnen damals, als Hochkonjunktur und Technikgläubigkeit allerorts herrschten, begreiflich gemacht, dass der Mensch wie der Baum, der Stein, das Wasser ein gleichberechtigter Teil der Schöpfung ist. Er machte seine Schüler mit dem göttlichen Wesen der Natur vertraut, mit seiner ureigenen Art von Philosophie auf der steten Suche nach Harmonie zwischen Mensch und Natur. So oft sie konnte, war sie mit der Klasse zum Unterricht in der freien Natur mitgegangen. Gebannt hing sie dann an den Lippen des geliebten Vaters, wenn er von den Geschöpfen des Waldes sprach, von der Sprache der Bäume und dem Wandern des Wassers über bemooste Steine. Vom Wechsel der Jahreszeiten, dem Blühen, Werden und Vergehen, von den besinnlichen Stunden zwischen Tag und Traum und dem Erwachen der Natur in der heroischen Zeit der Morgenfrühe. Für ihn war die Natur berauschende Poesie, die all seinen Sinnen nahestand. Eine Poesie, in der es eben doch Platz für Fabelwesen, Zwerge, Riesen und Quellnymphen gab.

Noch jetzt im hohen Alter streifte er weiterhin durch die Landschaft. Nicht so schnell wie ehedem und auch nicht mehr ganz so weit, aber immerhin. Obwohl er sich nie besonders gut mit seinem Schwiegersohn verstanden hatte, war er jetzt in großer Sorge, denn das Wohl seiner Tochter lag ihm sehr am Herzen. Um sich abzulenken, aber mehr noch, um etwas über den Dorftratsch zu erfahren, ging er abends ins Gasthaus. Als er eintrat und sein Eintritt von der versammelten

Schar der Suchmannschaft registriert wurde, verstummte plötzlich das Stimmengewirr. Die Köpfe fuhren hoch, wandten ihm den Blick zu. Eine lauernde Atmosphäre bemächtigte sich der Gaststube. Er begriff sofort, was von ihm erwartet wurde, und bestellte eine Runde Bier für alle, denn er war mit den ewig wiederkehrenden Gesetzmäßigkeiten des Dorfes bestens vertraut.

»Was meint ihr«, wollte er wissen, »was dem Sepp passiert sein könnte?«

Die einen meinten, er sei unter einen Baum gekommen und konnte sich nicht mehr befreien. Andere wiederum widersprachen heftig, da es ja keinen Sturm oder sonst irgendwelche Unwetter gegeben hätte. Mancherlei Thesen wurden nur aufgestellt, um sogleich wieder verworfen zu werden. Ein breites Spektrum von Möglichkeiten tat sich in der Wirtshausrunde auf. Möglicherweise war er Holzdieben in die Quere gekommen, einem Wilderer begegnet, von Flüchtlingen, welche über die grüne Grenze kamen, attackiert worden.

»Welchen Teil des Waldes habt ihr schon abgesucht? Wart ihr schon im Finsteren Graben?«

»Nein«, entgegnete der Feuerwehrkommandant, »den haben wir morgen am Plan. Aber, Herr Oberschulrat, Sie wissen doch genau, dass man fast siebenhundert Hektar teils sehr unwegsamen Geländes nicht in zwei Tagen lückenlos absuchen kann!«

Selbstverständlich wusste er es, kannte er doch den Wald in- und auswendig. Allein schon aus diesem Grunde beschloss er, sich am nächsten Tage an der Suche zu beteiligen. Er wollte dabei sein, sichergehen, dass keine noch so geringe Möglichkeit übersehen wurde. Als ihm der Feuerwehrkommandant erklärte, dass er als Nicht-Feuerwehrmann nicht versichert wäre und er daher keine Verantwortung übernehmen könnte, reagierte der Schulrat sauer. Er verließ missmutig das Gasthaus und beschloss, sich frühmorgens eigenständig auf die Beine zu machen.

3

Mittwoch, Schlag acht, versammelte sich der nun durch zwei Beamte der Kriminalpolizei verstärkte Suchtrupp vor dem Feuerwehrdepot. Raffl hatte eine Wanderkarte besorgt, die bereits durchsuchten Abschnitte rot eingerahmt und instruierte die Kollegen aus Krems. Der ältere der beiden, Kommissar Ebert, nahm Raffl zur Seite. »Du kennst doch alle Leute hier, Herr Kollege, hat sich der Oberförster irgendwelche Feinde gemacht? Gibt es jemanden, der ihm eins auswischen will, aus welchen Gründen auch immer? Die menschliche Natur lässt viele Möglichkeiten offen, wie Hass, Neid, Zorn, Eifersucht. Wie versteht er sich mit seinen Kollegen, Freunden, Verwandten? Denk zurück an frühere Zeiten, ob es da irgendwelche Skandalgeschichten über ihn oder seine Frau gegeben hat.«

Mit einem unauffälligen Kopfnicken wies Raffl auf Lehner. »Der hat gestern zu seinem Freund die Bemerkung gemacht, dass um den Gesuchten nicht schade sei, denn er hat ihn vor Jahren angezeigt, als er einen Christbaum gestohlen hat! Er ist nicht gerade ein beliebter Zeitgenosse, ist bei uns aktenkundig wegen diverser Raufereien, aber einen Mord würde ich ihm nicht unbedingt zutrauen! Ich kann mir nicht vorstellen, dass er ein Gewehr hat, so einer lässt doch eher die Fäuste sprechen!«

»Lass das meine Sorge sein, ich werde mir den Burschen bei Gelegenheit vorknöpfen. Fällt dir sonst noch etwas ein? Holzdiebstahl, Wilderei, Vandalismus, Brandstiftung oder Ähnliches? All das ist mir im Lauf meiner ‚Karriere' schon untergekommen und ich kann dir versichern, dass Menschen aus nichtigeren Gründen abgemurkst wurden! Hast du die Leute aus dem Dorf befragt, ob ihnen in den letzten Tagen irgendwelche verdächtigen Elemente in der Gegend aufgefallen sind? Fremde Autos, junge Burschen mit Geländemotorräder, die durch den Wald rasen, oder andere verdächtige Subjekte?«

»Nein, natürlich nicht«, erwiderte der Polizist leicht erregt, »wir haben uns doch auf die Suche beschränkt, es liegt doch noch kein Tatbestand vor, oder?«

Schweigend schlossen sich die beiden Polizeibeamten der Suchmannschaft wieder an. Stocherten mit ihren Stäben im Waldboden herum wie all die anderen. Zwei Stunden waren sie unterwegs, als Raffls Handy läutete. Es war der pensionierte Schuldirektor, der Schwiegervater des Försters.

»Ich habe Blutspuren gefunden«, meldete er aufgeregt, »und Schleifspuren in der Nähe des Nonnenlochs im Finsteren Graben. Ich bin mit dem Hund vom Sepp unterwegs, der hat die Spuren gewittert!« Ebert entriss Raffl das Handy. »Bleiben Sie, wo Sie sind, rühren Sie nichts an, zerstören Sie keine Spuren, wir kommen, so schnell wir können!«

Nun übernahm der erfahrene Kriminalbeamte das Kommando. »Kollege Raffl, du kommst mit mir! Nimm zehn Männer mit, die anderen sollen mit deinem Stellvertreter hier eine Pause einlegen, bis wir Gewissheit haben!« Raffl breitete die Karte aus und rief einen der Waldarbeiter der Herrschaft zu sich. »Franz, komm her, zeig uns, wo wir uns jetzt genau befinden und wie wir am schnellsten zum Nonnenloch kommen!«

Unter dessen Führung setzten sie sich rasch in Bewegung. Zehn Minuten später erblickten sie den Schuldirektor auf einem Baumstumpf sitzend, den nervösen Jagdhund an der Leine. Stumm wies er auf rote Spritzer auf einem Stein. Ebert jagte die neugierig herandrängenden Männer der Suchmannschaft weg. Er aber verfolgte mit Raffl die Blutspur. Dann und wann waren auf festem Untergrund weitere Blutflecken zu sehen, auch Fußspuren im nadelbedeckten Boden, die zu einem steilen Abhang führten. Vorsichtig rutschten sie den Abhang hinunter, an dessen tiefster Stelle ein Bächlein über moosige Steine gluckerte. Es war die allerdunkelste Stelle des gesamten Waldes, eben der Finstere Graben. Ein riesiges Felsgebilde türmte sich zwanzig Meter hoch vor den beiden auf. Ein Chaos aus sich überlappenden Granitblöcken, Spalten, Überhängen und Nischen. Sie waren am Nonnenloch angelangt.

»Angeblich haben sich im Dreißigjährigen Krieg dort fromme Frauen versteckt«, erklärte Raffl. »Es ist ein schauriger Ort, um den sich allerhand Legenden ranken. Viele Einheimische meiden diesen Ort, denn angeblich soll es hier spuken! Ein Bursch aus dem Dorf hat die Marodeure damals hierher geführt und das Versteck verraten. Die Frauen wurden alle vergewaltigt und mit dem ekelerregenden Schwedentrunk erstickt.«

Ebert schaute in an. »Was ist der Schwedentrunk?« »Jauche, dreckige, übel riechende Jauche wurde ihnen so lange eingeflößt, bis sie daran starben«, antwortete Raffl, vertraut mit der Geschichte und den Geschichten des Ortes. »Ein geradezu idealer Ort, um eine Leiche zu verstecken, wenn du mich fragst«, entgegnete Ebert, seine Taschenlampe einschaltend. »Komm, schauen wir uns das an!«

Sie sprangen über den kleinen Bach, kletterten den Gegenhang empor, turnten zwischen den Felsblöcken herum. Wieder waren leichte Blutspuren erkennbar. Aufgewühltes braunes Laub vom Vorjahr war rund um eine Felsspalte zu sehen. Man konnte erahnen, dass hier ein Mensch längere

Zeit gestanden und immer wieder seine Position gewechselt hatte.

»Ich glaube, wir sind am Ende der Suche angelangt«, meinte Ebert, »du siehst hier genau, dass da jemand etwas Schweres über den Boden gezerrt hat, da, zur Spalte hin!« Ebert schnallte seinen Rucksack ab, fischte seine Arbeitshandschuhe heraus und ging zur Felsspalte, die mit Fichtenreisig zugedeckt war. Behutsam, um keine Spuren zu verwischen, entfernte er das Reisig und leuchtete in den Spalt hinein. Die toten Augen des Oberförsters blickten ihm entgegen. Er war zu abgebrüht, um zu erschrecken, hatte in den Jahren bei der Kriminalpolizei viele Tote sehen müssen, erstochen, erschossen, erschlagen, in vielerlei Varianten gewaltsam vom blühenden Leben in den Tod befördert.

Er kehrte zum alten Mann zurück. »Er liegt da drinnen, mausetot, tut mir leid. Gehen Sie bitte wieder zurück zum Forsthaus und bringen Sie Ihrer Tochter schonend bei, dass Ihr Mann tot ist«, bemerkte er mit lakonischer Endgültigkeit. Er drückte dem Schwiegervater bedauernd die Hand, um sogleich die notwendigen Anordnungen zu erteilen. Wies Raffl an, mit drei Männern des Suchtrupps das Gelände um die Felsgruppe weitläufig mit einem gelben Band abzusperren. Dann rief er den ortskundigen Waldarbeiter zu sich. »Gehen Sie bitte zurück zur anderen Gruppe und zeigen Sie meinem Kollegen einen Weg, auf dem man nahe genug an diese Stelle heranfahren kann. Und schicken Sie den Rest der Suchtruppe nach Hause, die Aktion ist beendet. Ab nun ist dies einzig und allein Angelegenheit der Kriminalpolizei. Ich werde sofort den Ermittlungstrupp anfordern, um alle Spuren zu sichern! Die Feuerwehr soll derweilen hier das Notstromaggregat aufbauen, damit wir genug Licht haben!«

Eineinhalb Stunden später begannen die Spezialisten mit ihrer Ermittlung. Stative mit Scheinwerfern wurden aufgebaut und an das Notstromaggregat angeschlossen. Der Fotograf stand auf einer kleinen Leiter und fotografierte den Leichnam in der Felsspalte und das ganze Drumherum. Dann zog man den Toten aus der Spalte und legte ihn behutsam auf eine Plane. Das Gesicht war unverletzt geblieben, doch Hemd, Jacke und Hose waren blutverkrustet. Der Arzt hatte wenig Mühe, die Todesursache festzustellen.

»Ein Ladung Schrot in Brust und Unterleib aus kürzester Entfernung. Maximal fünf bis sechs Meter, keinerlei Chance für den armen Kerl hier, er ist regelrecht verblutet. Der Täter muss ihm nachgeschlichen sein, und als sich der Förster umdrehte, drückte er ab! Dann erst hat er den Körper bei den Händen gefasst und hierher gezerrt. Man sieht an den Handgelenken blaue Verfärbungen. Der Mörder hat kräftig anpacken müssen, um den schweren Mann in die Felsspalte zu hieven! Und er muss eine Menge Blut abbekommen haben.«

Der linke Schuh fehlte mitsamt dem Socken, Hose und Jacke waren an der Rückseite teilweise zerrissen und über und über mit Schmutz, altem Laub und Fichtennadeln übersät. Man konnte ahnen, dass der Mörder den Toten etliche Meter weit über den Waldboden geschleift hatte. Unmittelbar vor der Felsspalte war der Boden aufgewühlt, lagen abgebrochene Zweige. Auf dem rauen Stein waren Kratzspuren deutlich zu erkennen. Losgerissene Moospolster lagen überall herum.

Im starken Licht der Scheinwerfer suchten die Ermittler Zentimeter für Zentimeter das Gelände ab. Unweit der Felsspalte wurde ein Knopf aus Horn gefunden, des Försters Schuh zwölf Meter unterhalb im dichten Gras des Bachufers. Mittlerweile waren zwei Beamte damit beschäftigt, den leblosen Körper in einen Leichensack zu verstauen. Raffl und die verbliebenen Feuerwehrleute saßen in gebührendem Abstand auf Baumstümpfen oder Steinblöcken und rauchten. Nie zuvor war er bei einer Morduntersuchung dabei gewesen, hatte als Dorfpolizist ein eher geruhsames Arbeitsleben dreißig Jahre lang ohne viel Aufregung hinter sich gebracht. Eine Wirtshausrauferei hin und wieder, Verkehrsanhaltungen wegen Trunkenheit am Steuer, kleine Diebstähle oder lautstarke Streitigkeiten unter Nachbarn waren die Höhepunkte seiner Laufbahn gewesen. Umso aufmerksamer beobachtete er nun die akribische Arbeit der Kollegen von der Kripo. Da wurden Fußabdrücke in Gips abgegossen, Steine und Bäume auf weitere Blutspuren hin untersucht und die unmittelbare Nachbarschaft des Fundortes mit Pinseln und einem kleinen Besen gründlich gereinigt und ebenfalls untersucht. Das Tuckern des Notstromaggregates verlieh der Szene eine gruselige Schaurigkeit. Rund um ihn drehten die Ermittler Steine um, räumten tote Äste und Reisig zur Seite, durchschnitten Lichtbündel die Dunkelheit des dichten Waldes. Käfer und Ameisen flüchteten in panischer Angst vor den menschlichen Eindringlingen. Immer weitere Kreise zog man auf der Suche nach Spuren um das Nonnenloch. Hundert Meter oberhalb der steilen Böschung wurde man fündig. Durch eine große Wasserlacke war ein Wagen gefahren, in feuchter Erde ein klares Reifenprofil hinterlassend. Breite, schwere Reifen, aller Voraussicht nach von einem Geländeauto. Sofort war der Fotograf zur Stelle. Raffl zeigte sich fasziniert von der effizienten Arbeit der Kollegen. Jeder wusste, was er zu tun hatte, keiner stand herum, eine geradezu groteske Stille lag über dem Schauplatz des Geschehens, fast so, als ob man dem Toten Respekt zollen wollte.

Kommissar Ebert erklärte die Spurensicherung für beendet. »Tatzeit und Tathergang sind eindeutig, die Schüsse wurden aus einer Schrotflinte abgefeuert, es hat keinerlei Kampfhandlungen gegeben, keine Gegenwehr, der arme Förster hat nicht den Funken einer Chance gehabt. So gut wie sicher kann gesagt werden, dass die Tat von einem Einzeltäter in der Nähe des Waldweges da oben verübt wurde. Gehen wir davon aus, dass er groß und stark war, mit hoher Wahrscheinlichkeit Jäger. Dann hat der Mörder sein Opfer über den Abhang hinuntergerollt, zum Nonnenloch über den Waldboden gezogen und in die Spalte fallen lassen! Der Tote wird in der Gerichtsmedizin noch weiter untersucht werden, doch hier ist unsere Arbeit zu Ende. Jetzt, meine Herrschaften, beginnt die Knochenarbeit! Es war ein vorsätzlicher Mord, geplant und brutal, fast schon eine Hinrichtung. Kollege Raffl, du musst morgen dein Büro räumen, das wird unsere Einsatzzentrale, jetzt wirst du erleben können, wie viele Steinchen man zusammentragen muss, um ein fertiges Mosaik zu bekommen!«

Zwei Männer trugen den Leichensack mit dem leblosen Körper zum Mannschaftsbus der Kripo am Waldesrand. Raffl rollte das Absperrband wieder auf und die Feuerwerker schleppten das Stromaggregat zum Rüstwagen. Bei Einbruch der Dämmerung lag der Wald wieder still und verlassen da, nichts deutete darauf hin, dass ausgerechnet der Mann, der jahrelang für seine Pflege verantwortlich gewesen war, hier ein blutiges Ende gefunden hatte.

4

Schweren Herzens überbrachte der Vater Susanne die Todesnachricht. Sie weinte nicht, sie brach nicht zusammen, saß wie erstarrt neben ihrer Mutter, die schützend ihren Arm um sie legte. Intuitiv hatte sie bereits in der endlosen Nacht des Wartens gespürt, dass ihrem Sepp Furchtbares geschehen war, gerade so, als hätte ihr der Hauch seines Todesengels die fraglose und unumstößliche Gewissheit nähergebracht, sie der letzten Hoffnung beraubt. Nur das Warum konnte sie nicht verstehen.

Bereits am nächsten Morgen begann die Kripo mit ihren Recherchen. Raffls Büro wurde im Handstreich besetzt, Computer wurden installiert, Möbel hin und her gerückt, Fotos des Tatortes und des Opfers an die Wand geheftet. Man kopierte Zettel mit der Bitte um etwaige Hinweise an die Bevölkerung und verteilte sie im Ort. Die Einvernahme Susannes geschah aus Rücksicht ihr gegenüber im Forsthaus. Ebert hatte die Leitung übernommen, Raffl und eine Sekretärin, welche das Protokoll mit einem Laptop schrieb, waren ebenfalls anwesend. Ebert erklärte Susanne, dass unter Umständen auch peinliche Fragen vonnöten waren und sie die Pflicht hätte, wahrheitsgemäß auszusagen. »Wo waren Sie in der Nacht von Sonntag auf Montag?«

»Hier, im Haus natürlich. Es war ein Sonntag wie jeder andere. Vormittags gingen wir zur heiligen Messe um zehn, dann aßen wir zu Mittag, spielten eine Runde Schach und gingen eine Stunde spazieren. So gegen vier tranken wir Kaffee, nachher ging der Sepp in den Wald, auf Nimmerwiedersehen.« Sie wischte sich die Tränen ab und stockte.

»Und dann?«, wollte Ebert von ihr das wissen, was er schon zuvor erfahren hatte.

»Dann bin ich die ganze Nacht vor dem Fenster gestanden und habe in die Finsternis gestarrt, bin drei-, viermal vor das Haus gelaufen und habe seinen Namen immer wieder in die Leere hinausgeschrien. Um fünf Uhr habe ich mich dann angezogen und mit dem Hund immer größere Runden um das Forsthaus gedreht, in der Hoffnung, irgendeine Spur vom Sepp zu finden.«

»War jemand bei Ihnen, kann das wer bezeugen?«, kam postwendend die übliche Frage.

»Nein, natürlich nicht, ich war doch allein zu Hause und weit und breit kein Mensch zu sehen. Warum denn auch?«

»Hat sich Ihr Mann in letzter Zeit bedroht gefühlt? War er anders als sonst? Schweigsam, wortkarg, verbarg er Sorgen vor Ihnen, mit denen er Sie nicht belasten wollte? War er nervöser als normal, hat er Zorn oder Unmut in sich hineingefressen, verhielt er sich auffällig, gab es irgendwelche Probleme, von denen Sie nichts wissen durften? Mit der Forstkanzlei oder dem Personal? Sprach er jemals von verdächtigen Personen, die im Wald nichts zu suchen hatten, von Holzdieben etwa oder Wilderern? Gab es Streit mit Geländemotorradfahrern, mit Reitern oder Mountainbikern auf Wegen mit Fahrverbot? Hatte er kurz vor seinem Tod böse Vorahnungen, war er verunsichert, verkroch er sich in sich selbst?«

»Er sprach nicht besonders viel über seine Arbeit und er war auch nicht der Typ, der sich bei mir ausweinte, wollte alles auf seine Art lösen. Aber ich glaube nicht, dass es irgendwas gab, was ihn in letzter Zeit mehr belastete als sonst. Er war ein gewissenhafter Mensch mit Freude an seinem Beruf und trug den grünen Rock mit Stolz. Nie gab es irgendwelche Probleme mit der Herrschaft, alle waren zufrieden mit ihm!« Als ihr bewusst wurde, dass sie soeben in der Vergangenheitsform von Sepp sprach, brach sie zusammen und schluchzte haltlos.

»Hatten Sie Streit in letzter Zeit, ernstere Meinungsverschiedenheiten? Gab es Anlässe, bei denen Ihr Mann an Ihrer Treue, Sie an seiner Treue zweifelten? Eifersuchtsszenen, häusliche Gewalt? War er anders als sonst? Wie schaut es mit den Finanzen aus, gab es jemals Streit wegen des Geldes?« Wie ein Automat spuckte Ebert den Fragenkatalog aus, den er im Lauf der Jahre schon so oft gestellt hatte, dessen Muster sich immer wieder wiederholte.

Wie von einer Tarantel gestochen sprang Susanne auf. »Nein, nein und wieder nein! Wir verstanden uns gut, es gab keine Probleme, weder finanzielle noch persönliche!« Sie schlug ihre Hände vors Gesicht, weinte hemmungslos in sich hinein. Nun stand auch Raffl auf, nahm sie schützend in den Arm und giftete Ebert an: »Jetzt hör doch endlich auf damit, du siehst doch, dass die arme Frau mit ihren Nerven am Ende ist!«

Zornesrot im Gesicht tadelte Ebert den Kollegen: »Gewöhn dir das ab, meine Zeugen beeinflussen zu wollen. Ich tu nur meine Pflicht und du solltest es auch so handhaben. Wir sind hier, um einen Mordfall aufzuklären, und jeder ist verdächtig, solange seine Unschuld nicht bewiesen ist. Hast du das verstanden?« Plötzlich wurde es mucksmäuschenstill im Raum. Sekundenlang schien es, als wäre sämtliche Luft entwichen. Nach diesem schreckhaften Moment beruhigte sich die Szene.

Ebert beendete die Einvernahme mit einer letzten, wesentlichen Frage. »Bitte kontrollieren Sie, ob er vielleicht höhere

Geldbeträge abgehoben hat. Rufen Sie mich an, wenn es auf Sparbüchern oder Girokonten ungewöhnliche, unerklärliche Bewegungen gegeben hat. Schauen Sie bitte nach, ob irgendwelche Wertsachen im Hause fehlen, wie Schmuck oder Ähnliches! Benutzte Ihr Mann eine Kreditkarte?«

Susanne stutzte. In diesem kurzen Augenblick fiel es ihr wie Schuppen von den Augen, wie wenig sie eigentlich von ihrem Mann wusste: »Ich weiß es nicht, ich weiß es wirklich nicht, hab mich nie darum gekümmert.«

Ebert und Raffl standen auf, wollten sich verabschieden. Begriffen endlich, dass hier nichts mehr zu holen war. In der Türe stehend, drehte sich Ebert noch einmal um. »Hier haben Sie meine Visitenkarte, falls Ihnen noch irgendetwas einfällt, egal, ob es wichtig erscheint oder nicht, rufen Sie mich bitte einfach an!«

In dem Moment, als sie in den Wagen einsteigen wollten, rief ihnen Susanne nach. »Einen Moment noch, mir ist gerade etwas eingefallen. Sie haben doch vorher von Wilderei gesprochen, da gab es tatsächlich vor Jahren einen Fall. Ich weiß nicht, ob das relevant ist, aber der Sepp hat damals einen Wilderer gestellt und dann gab es eine Gerichtsverhandlung!«

Nun war es Raffl, der ihr ins Wort fiel. »Natürlich, wie konnte ich das nur vergessen!«, ärgerte er sich, schlug sich mit der flachen Hand auf die Stirn. »Das war ein gewisser Hinterholzer aus dem Nachbarort, der musste damals sogar drei Monate ins Gefängnis. Das war vor vier Jahren im Herbst, ich kann mich noch genau erinnern. Dieses Individuum hat dem Sepp sogar blutige Rache geschworen, als man ihn abgeführt hat!«

Die beiden fuhren ab. Raffl versprach Ebert, den Akt auszuheben. Sie kehrten auf den Posten zurück. Mittlerweile hatten die Kriminalbeamten die geräumige Kanzlei Raffls in Beschlag genommen und ihre Geräte installiert. Ebert trat zur Plakatwand und entwarf einen Zeitplan, beginnend mit dem sogenannten Kontrollgang des Försters, der Suche der Ehefrau am frühen Morgen und dem Zeitpunkt der Vermisstenmeldung bis hin zu den Suchaktionen und dem Fund der Leiche. Auf der Wanderkarte, die auf die Pinnwand geheftet war, ringelte er mit rotem Filzstift sowohl das Försterhaus als auch das Nonnenloch ein. Die Fotos vom Fundort klebte er an die Plakatwand. In einer Art Organigramm notierte er dann den Namen des Wilddiebes. Als er diesen schrieb, schrie Raffl so unvermittelt auf, dass alle im Raum zusammenzuckten. »Ich bin doch wirklich ein Vollidiot«, stellte er fest, ohne dass ihm jemand widersprach. »Wir haben ja noch einen zweiten Verdächtigen, den Lehner, den Christbaumdieb!« Wie aus der Pistole geschossen erinnerte er Ebert an das Gespräch der beiden Männer des Suchtrupps.

»Super«, stellte Ebert zynisch fest, »nun haben wir bereits zwei Verdächtige, einen Christbaum- und einen Wilddieb, typisch dörflich eben, wie in einem Ganghofer-Roman! Aber wir haben wenigstens einen Anhaltspunkt. Walter, fahr mit dem Raffl zu Lehner und bringt ihn her. Macht ein bisschen Wirbel, damit die Leute sehen, dass wir uns mit ihm beschäftigen. Das wird die Klatscherei im Dorf ein bisschen ankurbeln und Unruhe stiften, sozusagen ins Wespennest stechen, vielleicht ergibt sich noch was daraus!«

Raffl und Walter blieben demonstrativ vor Lehners Haus stehen, stiegen umständlich langsam aus, rückten ihre Pistolentaschen zurecht und klopften. Lehner öffnete die Tür und ließ die beiden Polizisten ins Haus, nicht ohne sich noch einmal rasch umzusehen.

»Sie müssen mit uns auf den Posten kommen, zur Vernehmung«, erläuterte ihm Raffl. »Machen Sie keine Umstände und kommen Sie mit!«

Lehner fiel es nicht einmal im Traum ein, sich mit der Polizei anzulegen. Er war ein gebranntes Kind, hatte bereits genug Scherereien mit den Kieberern, wie er sie verächtlich nannte, gehabt. Widerstandslos folgte er den beiden Beamten zum Wagen.

»Ich kann mir schon denken, was ihr von mir wollt«, motzte er, »da hat sicherlich einer erzählt, dass ich bei der Suche gesagt habe, dass eh nicht schade um den Förster ist! Aber ich bin unschuldig, das kann ich schwören!« Demonstrativ hob er die rechte Hand zum Schwur. Raffl rempelte ihn an, öffnete die Autotür und stieß ihn unsanft auf die Rückbank. Ohne ein weiteres Wort zu verlieren, beförderten sie ihn zum Polizeirevier. Mit hämischer Genugtuung stellte Raffl fest, dass die Aktion von gut und gern zwanzig Augenpaaren beobachtet wurde. Er konnte sich lebhaft vorstellen, dass die Kunde von Lehners Einvernahme wie ein Lauffeuer durch das Dorf ging. Weit weg vom Schuss waren die Einheimischen froh über jede Abwechslung, die ihre Alltagslethargie durchbrach. Als Außenseiter war Lehner dies gewohnt, denn es war für ihn wahrhaftig nichts Neues, als Zielscheibe öffentlichen Unmuts zu dienen. Ein breites Grinsen huschte über sein Gesicht, denn diesmal würde ihm keiner was anhängen können. Als sie bei einer Gruppe von Gaffern vorbeifuhren, zeigte er ihnen seine Zunge.

Eine Stunde lang nahmen Ebert und seine Kollegen Lehner ins Kreuzverhör. Er gab zu, diese Worte zu seinem Feuerwehrkameraden gesagt zu haben. Stellte den Oberförster als Unmenschen hin, da er ihn wegen einer Kleinigkeit angezeigt hätte, wo doch der Christbaumdiebstahl im Waldviertel so etwas wie ein Volkssport sei. Kein Mensch hole sich aus dem eigenen Wald einen Weihnachtsbaum, das sei ungeschriebenes Gesetz, so meinte er. Außer bei einer Kirtagsrauferei habe er noch nie einem Menschen wehgetan und so ein paar Faustschläge bei einer Keilerei gehörten ebenso zur Folklore hierzulande, wie eben das Christbaumstehlen. Er schwor, den Förster nicht umgebracht zu haben, bezeichnete sich selbst als kleinen Fisch.

Ebert wollte von ihm wissen, ob er das Nonnenloch kenne. »Jeder hier kennt das Nonnenloch und den Finsteren Graben und keiner geht gerne dorthin, weil der Wald so dicht und unheimlich ist. Wenn jeder verdächtig ist, der das Nonnenloch kennt, dann könnte man gleich das halbe Dorf einsperren! Ich bin unschuldig, sucht's euch bitte einen anderen, den ihr sekkieren könnt.« Lehner hatte sich sichtlich in Rage geredet und kam damit dem Kommissar in die Quere. »Werd' ja nicht frech, sonst bekommst du meine andere Seite zu spüren und ich kann sehr, sehr böse sein, also sei schön vorsichtig mit allem, was du so unkontrolliert von dir gibst!«

Lehner hatte ein wasserdichtes Alibi, da er mit seinem besten Freund, einem Motocross-Fahrer, am Sonntag bei einem Rennen und erst um Mitternacht heimgekommen war. Als gelernter Mechaniker fuhr er in den Sommermonaten von Rennen zu Rennen, da es immer was zu reparieren gab. Mindestens vier Personen würden dies bestätigen, alle in der Motocross-Szene kannten ihn. Außerdem besaß er weder eine Schrotflinte noch eine andere Schusswaffe.

Die Aussage wurde zu Protokoll genommen. Der Ordnung

halber nahm man seine Fingerabdrücke und wies ihn an, den Ort vorläufig nicht zu verlassen. Lehner sprang hurtig von seinem Stuhl auf und verließ mit raketenartiger Geschwindigkeit das Dienstzimmer. Ebert und seine Kollegen waren sich so gut wie sicher, dass Lehner trotz seiner widerwärtigen Natur als Täter nicht infrage kam. Kaum war Lehner verschwunden, brachen Walter und Raffl auf, um Hinterholzer zu holen. Nach einer Stunde kehrten die beiden zurück, da Hinterholzer nicht auffindbar war. Weder die Mitbewohner des Wohnblocks noch sonst irgendwer aus seinem Bekanntenkreis hatte Hinterholzer in den letzten Tagen gesehen. Dieser Umstand war jedoch nicht verwunderlich, war dieser doch Fernfahrer und meist von Montagfrüh bis Freitagabend im Ausland unterwegs. Ein Anruf beim Spediteur ergab, dass er tatsächlich am Montag um vier Uhr früh nach Le Havre abgefahren war, um dort im Hafen Maschinenteile abzuladen und nicht vor Freitagabend zurückerwartet wurde.

»Das gibt ihm noch lange kein Alibi«, brummte Ebert, »denn wie wir wissen, ist die Tat bereits am frühen Sonntagabend geschehen, er hätte alle Zeit der Welt gehabt, die Tat zu begehen, den Leichnam zu verstecken und die Spuren zu verwischen. Für mich ist er der Hauptverdächtige, hat dem Förster Rache geschworen und ist auch im Besitz einer Schrotflinte!« Ebert fuchtelte mit dem Akt herum, den Raffl aus dem Archiv herausgefischt hatte. »Wenn er am Freitag wieder zurückkommt, dann greifen wir ihn uns!«

Nun war auch der Befund aus der Gerichtsmedizin eingetroffen. Wie erwartet war der Förster am Sonntag zwischen 17 und 19 Uhr mit einer Schrotflinte erschossen worden. Außer den blauen Druckstellen an seinen Handgelenken und etlichen Abschürfungen an den Oberarmen wies er keinerlei Verletzungen auf. Weder unter den Fingernägeln noch sonst wo am Körper fand man Spuren von Haut oder Gewebefasern. Der Mörder hatte sich von hinten angeschlichen, war vom Förster erst im letzten Moment gehört worden. Als dieser sich umdrehte, trafen ihn zwei Schüsse in Unterleib und Brust, eine gewaltige Ladung, er musste innerhalb kurzer Zeit verblutet sein. Es sei anzunehmen, so hieß es weiter, dass der Fundort nicht mit dem Tatort identisch sei und der Tote über eine längere Strecke über den Waldboden gezerrt worden sei, da sich in seinen Haaren Fichtennadeln, kleine Lehmbrocken und einige Samen von Ahorn befunden hätten. Am Körper des Opfers selbst wurden keine Fingerabdrücke gefunden, der Täter hatte Handschuhe getragen.

Ebert und Walter studierten mit einer Lupe die Bilder, die im Umkreis des Nonnenlochs geschossen worden waren. Und tatsächlich, oberhalb des Steilabfalls zum Bach war ein kräftiger Ahornbaum neben dem Fahrweg zu sehen. Zwei Meter neben dem Ahorn hatte man die Reifenspuren neben den Wasserlacken entdeckt. Ebert war euphorisch, sprach von einem Durchbruch, wollte die Szene nachstellen. Sie fuhren zum Schauplatz des Geschehens.

»Kollege Raffl, komm her, du spielst den Oberförster und ich den Mörder! Stell dir vor, du hättest verdächtige Reifenspuren entdeckt, die an dieser Stelle absolut nicht zu suchen haben. Du bleibst stehen und siehst dir das Profil an!« Raffl tat wie geheißen. »Ich bin dir gefolgt und schleiche leise hinter dir her. In dem Moment, in dem du stehen bleibst, um die Spuren zu untersuchen, rede ich dich an. Als du dich umdrehst, schieße ich, du hast keine Chance, bevor du auf dem Boden landest, bist du schon so gut wie tot! Leg dich bitte nieder! Du bist ein großer Mann und circa hundert Kilo schwer. Ich zieh mir jetzt die Handschuhe an, denn ich will ja keine Fingerabdrücke hinterlassen. Jetzt lass dich einmal aufheben!« Ebert ging auf die Knie und bemühte sich, Raffl aufzuheben, allein er konnte es nicht. Ebert aber war noch nicht fertig mit seiner Rekonstruktion. »Nehmen wir an, dass für den Mörder die Leiche ebenfalls zu schwer war. Also nahm er sie bei den Handgelenken und zerrte sie den Steilhang hinunter bis zum Nonnenloch. Erstens ging es so leichter, zweitens vermied er es dadurch, seine Kleidung mit Blut zu besudeln. Nun gibt es zwei Möglichkeiten: Entweder er war ortsbekannt und wusste über die Felsenspalte Bescheid. Oder er war vorher schon dort gewesen und hatte die Gegend ausgekundschaftet. Die Felsspalte bot sich geradezu als ideales Versteck an. Dann hat er den schweren und leblosen Körper mit aller Gewalt auf die Felskante hinaufgezogen und in die Spalte fallen lassen. Zu guter Letzt deckte er sein Opfer mit Zweigen und altem Laub in der Hoffnung zu, dass man ihn dort nicht finden würde. So war es, da bin ich mir sicher. Dabei ist ihm auch der Knopf abgerissen. Seine Kleidung wird den einen oder anderen Blutspritzer abbekommen haben, doch wenn er schlau ist, hat er diese bereits unauffällig entsorgt. Ebenso das Handy des Försters, damit wir es nicht orten können. Wahrscheinlich liegt es am Grund eines Teiches. Das wäre der absolute Hammer, wenn wir es finden könnten, doch die Chance ist nicht allzu groß. Also heißt es, weiter suchen und auf Kommissar Zufall hoffen.«

Raffl stand wieder auf und nickte anerkennend. »Du hast sicher recht, so und nicht anders ist das passiert!« Raffls Interesse an dem Fall war zwiespältiger Natur. Einerseits tat ihm Susanne leid, für die er seit seiner Scheidung starke Gefühle empfand, andererseits war durch Sepps Tod der Platz an ihrer Seite frei geworden und wer weiß, welche Möglichkeiten sich dadurch für ihn ergaben.

5

Susanne und ihre Eltern saßen in der Bauernstube. Sprachlosigkeit hatte sich breitgemacht, Schweigen durchschnitt den Raum wie ätzende Säure. Vor ihnen am Tisch lagen die beiden Sparbücher. Eines, mit einer kleineren Summe, für Ausgaben wie Reparaturen und Ähnliches gedacht, war vollständig. Doch von dem anderen, auf dem sie in den 18 Jahren ihrer Ehe gemeinsam für ein Haus in der Pension gespart hatten und das immerhin sechzigtausend Euro Guthaben aufgewiesen hatte, hatte Sepp drei Tage vor dem Mord exakt die Hälfte, nämlich dreißigtausend Euro, abgehoben.

»Warum hat er das gemacht«, durchbrach der Vater die Stille, »wofür hat er das Geld gebraucht? Was wollte er damit um Himmels willen? Hatte er Schulden? War er ein Spieler? Fuhr er ins Casino? Hat er sich etwas zuschulden kommen lassen, sodass man ihn erpressen konnte?«

»Ich weiß es nicht«, kam leise die Antwort. »Er hat mir doch nie etwas gesagt. Er hat die Sparbücher verwaltet, alle Bankgeschäfte allein abgewickelt, wenn er in die Stadt fuhr. Ich hab ihm immer vertraut, er war doch mein Mann, ich hab ihn doch geliebt, hab nie kontrolliert, was er mit unserem gemeinsamen Geld gemacht hat! Wir haben beide gut verdient, ein gemeinsames Budget für die Unterhaltskosten gehabt, einen bestimmten Betrag gespart, aber sonst konnte jeder mit seinem Geld machen, was er wollte. Mich haben die wirtschaftlichen Aspekte nicht interessiert und ich war froh darüber, dass sich er damit beschäftigte.«

»Seltsam«, wunderte sich der alte Herr, »sogar hier hat er noch Akkuratesse gezeigt, exakt seine Hälfte abgehoben! Was zum Teufel geht da vor? Was sollte dieser Blödsinn mit dem ominösen Holztransport am Sonntag? Warum diese haarsträubende Ausrede? Ich denke, dass ihn der Mörder hinausgelockt hatte, die Frage ist nur, wie und wann. Kannst du dich an einen Anruf an diesem Nachmittag erinnern, der dir verdächtig vorkam? Hat er eine Bemerkung gemacht, von wem er kam? Wo kann das Handy sein? Wenn es der Mörder mitgenommen hat, dann kann man es orten, solange er es noch nicht unbrauchbar gemacht hat. Ruf sofort bei der Telekom an, lass es sperren.«

Nun schaltete sich auch die Mutter ein, überhäufte die unglückliche Tochter mit Fragen. »Habt ihr euch in letzter Zeit einmal gestritten? Glaubst du, dass es eine andere gibt? Dass er deshalb Opfer eines Eifersuchtsmordes wurde? Musste er für ein Kind zahlen? War er verändert, krank, schlaflos mit schlechten Träumen, in denen er sprach oder vor Angst aufschrie, quälten ihn irgendwelche Sorgen? Hat er sich sonderbar benommen, ist er dir ausgewichen, hat er dir nicht mehr in die Augen schauen können? Blieb er des Öfteren über Nacht weg? Hattest du jemals den Verdacht, dass er schweren Ballast mit sich trug, über den er nicht reden konnte oder wollte?« Als eifrige Leserin von Frauenmagazinen wurde sie ständig mit solchen Problemen konfrontiert.

Jetzt hatte Susanne genug, ihre Nerven lagen blank. »Nein, nein und wieder nein, ich weiß gar nichts, ich war doch immer nur das Dummchen, habe immer nur getan, was er wollte! Es drehte sich doch alles nur um ihn, er war meine Welt, könnt ihr das nicht verstehen?« Weinend fiel sie in sich zusammen. »Lasst mich bitte allein, ich muss das alles erst verarbeiten. Geht bitte, kommt morgen wieder! Erzählt aber niemandem von der Sache mit dem Sparbuch, ich möchte da selbst nachforschen, bevor ich es der Polizei melde.«

Widerwillig räumten ihre Eltern das Feld. Sie wollten aus verständlichen Gründen ihre Tochter nicht allein in der Abgeschiedenheit des Waldes lassen. Schließlich trieb sich ein Mörder herum. Könnte es denn sein, dass Sepp erst der Anfang war, auch Susanne als potenzielles Opfer infrage kam? War sie am Ende gar die Zielscheibe? War es ein Irrer, ein Psychopath, der wahllos Menschen umbrachte? Wurde Sepp zufällig sein Opfer oder wurde er gezielt umgebracht? Sollte man Susanne unter Personenschutz stellen?

Susanne aber wollte allein bleiben, ihre verwirrten Gedanken wieder sammeln, das soeben Geschehene auf ihre eigene Art verarbeiten. Zum Glück waren Ferien und sie musste nicht in die Schule. Jetzt, da sie zum ersten Mal seit vielen Jahren allein auf sich gestellt war, wuchs sie zu wahrer Größe heran. Ihr Sepp war tot, daran gab es keinen Zweifel, daran führte kein Weg vorbei. Sie war nun Witwe, eine junge Witwe, mit achtundvierzig all ihrer Hoffnung beraubt. Es würde keine silberne Hochzeit zu feiern geben, schon gar keine goldene. Der Traum vom Kinderglück war schon lange zuvor geplatzt, obwohl sie es sich beide von Beginn an gewünscht hatten, eine Familie zu sein, zwei, drei Kindern das Leben zu schenken, welche in gesunder Waldluft friedlich aufwachsen würden. Mit denen man Masern und Keuchhusten teilen und das Heranwachsen als Wunder menschlicher Natur im vollen Bewusstsein erleben würde. Diese Hoffnung hatte sie längst schon unter zahlreichen Tränen begraben, so endgültig wie unumstößlich. Wie ein Hammerschlag traf sie diese Erkenntnis. Immer wieder sah sie in dem Glauben zur Tür, dass er plötzlich hereinkommen, sich alles als bloßer Irrtum herausstellen würde. Doch gleichzeitig wurde ihr bewusst, dass weder das eine, noch das andere geschehen konnte. Denn der Sepp lag nun tot in der Leichenhalle, nachdem ihn die Gerichtsmedizin freigegeben hatte. Am Samstag um 14 Uhr würde das Begräbnis stattfinden, die kleine Dorfkirche bis zum letzten Platz gefüllt sein. Sie hatte schon viele Begräbnisse im Dorf miterlebt, selbst dabei Orgel gespielt. War vertraut mit dem Ritual. Mit den süßlich-schmalzigen Liedern von Tod und Auferstehung und dem ewigen Leben im Himmelreich. Den würdigen Worten des Pfarrers, den überreichen Spenden der Weihrauchwolken bei der feierlichen Umrundung des Sarges, dem pathetischen Gehabe der Sargträger. Doch der zermürbendste Teil fand stets am Friedhof statt. Das Hinunterlassen des Sarges in die Grabestiefe, von der eine Auferstehung unmöglich schien. Das Bewusstsein, dass sich in dieser prächtigen Holzkiste ein Mensch befand, den man geliebt, geachtet und nun verloren hatte. Die Endgültigkeit, die mit jeder Schaufel Erde endgültiger wurde. Das Herandrängen der Massen, die Abschied nahmen, der Familie kondolierten. Diejenigen, die es ernst meinten, denen der Tod dieses Menschen nahe ging. Diejenigen, die quasi »professionell« bei jedem Begräbnis mitgingen, jede Regung der Hinterbliebenen auf ihre Ernsthaftigkeit hin überprüften, um sich sodann im Zweifelsfalle darüber das schändliche Maul zu zerreißen. Ob denn auch die Witwe, dem Anlass gebührend, genug geweint hätte, wenigstens ihre Augen feucht glitzerten. Ob sie auch schwarze Strümpfe angehabt hatte, wer aller einen Kranz spendete und was auf den Schleifen stand. All dies waren essenzielle Fragen, die die Fantasie der aufmerksamen Dörfler beschäftigten.

Sie suchte mit zwingender Notwendigkeit nach einem Ansatz. Weshalb musste Sepp sterben? Wer nur konnte so einen

Hass auf ihn haben, dass er ihn umbrachte? Die Frage nach dem Warum wuchs von Minute zu Minute. Warum er sterben musste. Warum er das viele Geld von der Bank geholt hatte. Wo war es, wem hatte er es gegeben, was hatte er damit gewollt? Dreißigtausend Euro waren bei Gott kein Pappenstiel. Hatte er das Geld versteckt oder bereits ausgegeben? Wenn ja, wofür? Warum nur, warum? Mit einem Schlag wurde ihr klar, dass es Zeit war, dem Warum nachzugehen, dem Warum auf die Schliche zu kommen. Dass man das Unerklärbare nicht ohne Aufwand erklären konnte. Methodisch begann sie mit der Suche. Durchblätterte die Dokumentenmappe nach verborgenen Hinweisen, doch sie fand nichts. Durchstöberte seine Schreibtischladen, doch auch dort gab es nichts Außergewöhnliches zu entdecken. Sie wusste nicht, wonach sie suchte. Einen Brief vielleicht, ein kompromittierendes Dokument, ein Foto von einer anderen, mit einer anderen. Von einer Bekannten hatte sie erfahren, dass diese unter der Schreibunterlage auf dem Schreibtisch ihres Mannes die Vorladung zu einer Vaterschaftsverhandlung gefunden hatte. Konnte man nicht in Liebesromanen lesen, dass Frauen und Männer immer wieder Beweise für die Untreue ihrer Partner entdeckten? Dass sich dieses Karussell von betrogener Liebe schon seit dem Beginn der Menschheit fortwährend drehte? Dass es nichts gab, was man sich nicht auch vorstellen konnte? Wenn nicht sein durfte, was nicht sein sollte, warum gab es dann regalweise Illustrierte über Prominente, Prinzen und Prinzessinnen, Schlagerstars und Schauspieler, welche Kummer, Leid und Betrug erdulden mussten? Ja handelten denn nicht auch alle Opern und Operetten von diesem Thema, wurden nicht bereits kilometerhohe Bücherstapel über Liebe und Verrat, Betrug und Untreue gedruckt? Warum sollte ausgerechnet sie davon verschont geblieben sein? Oft schon hatte sie solche Reportagen gelesen, geglaubt oder nicht geglaubt.

Als es dämmerte, die Finsternis über den Waldboden kroch, Nebel aufkam und die Welt ringsum, die für sie nun untergegangen war, umhüllte, trug sie das Körbchen für den Hund in das Schlafzimmer, was dieser mit Verwunderung registrierte. Dann ging sie von Raum zu Raum, von Fenster zu Fenster und schloss zum allerersten Mal in ihrem Leben am Waldesrand die Fensterläden. Versicherte sich noch einmal, dass sowohl die Haustür als auch die Tür, welche vom Keller ins Freie führte, gut verschlossen waren. Stellte sicherheitshalber einen Sessel unter die Türklinke. Sie war nie zuvor ein ängstlicher Mensch gewesen, war oft genug auch des Nachts allein im Walde herumspaziert, doch nun hatte das Gerede ihrer Eltern sie verängstigt. Inspektor Raffl, ihr Schulfreund, hatte ihr zwar versprochen, bei den nächtlichen Patrouillenfahrten gelegentlich beim Forsthaus vorbeizuschauen, doch sie wollte auf Nummer sicher gehen. Erst jetzt begann sie wieder mit der Suche nach Beweisen, die das Unerklärbare erklären, das Geheimnis lüften könnten. Sie öffnete den Kleiderschrank, trug alle seine Kleider in die Bauernstube, warf sie achtlos auf das Gästebett und durchwühlte die Taschen. Räumte den Tisch ab und legte akribisch genau alles, was sie fand, darauf. Kugelschreiber zu Kugelschreiber, Papierkram zu Papierkram, Münzen zu Münzen, Sonstiges zu Sonstigem. Alles räumte sie aus. Anzüge, Hosen, Sakkos, Anoraks, Arbeitskleidung, Jagdkleidung, der Haufen am Fußboden wurde immer größer. Sie hatte bereits mit der Dienststelle des Roten Kreuzes telefoniert, sie würden morgen kommen und den ganzen Haufen zur Altkleidersammelstelle bringen. Nichts davon wollte sie hier behalten. Nichts? Wirklich nichts? Einen

Moment lang kamen ihr Bedenken. Ihr Mann war noch nicht einmal unter der Erde und sie räumte bereits seine Kleidung weg – war das rechtens, herzlos, unmoralisch, egoistisch?

Die Kugelschreiber, meist billiger Art mit Aufdruck von Speditionen, Sägewerken und Firmen für Waldwerkzeuge und Forstmaschinen, warf sie in den Müll. Die Münzen, im Gesamtwert von nicht einmal neun Euro, steckte sie in die Spardose. Unter Sonstiges war ebenfalls nichts Aufregendes zu finden, ein Feuerzeug, drei Hustenzuckerln, ein Kaugummi, vier Gummiringe und sonderbarerweise zwei Reißnägel. Für den Stapel mit dem Papierkram nahm sie sich mehr Zeit. Zwei Kassazettel einer Buchhandlung tauchten aus der Tiefe des Stapels auf, ein Prospekt für Motorsägen, das fein säuberlich zusammengefaltete Programm der letzten Waldarbeitertagung, ein Brief von der Sozialversicherung, ein Sterbebildchen eines Forstkollegen, ein Zeitungsausschnitt mit einem Artikel über eine Holzversteigerung, drei Notizzettel, auf denen Sepp die Mengen einer Holzverladung addiert hatte, und zwei Kinokarten. Diese machten sie stutzig. Sie konnte sich bei besten Willen nicht an ihren letzten gemeinsamen Kinobesuch erinnern. Rasch holte sie seinen Terminkalender vom Schreibtisch und verglich das Datum. An diesem Abend hatte Sepp einen Vortrag in der Bezirksbauernkammer eingetragen. Ihr wurde kalt ums Herz, er hatte sie belogen! Mit wem war er ins Kino gegangen? Mit einer anderen Frau? Einer Geliebten? Einer, die er mehr liebte als sie, seine ihm angetraute Ehefrau in guten wie in schlechten Tagen? Wie erschlagen nahm sie auf dem Sofa Platz, die Kinokarten zitterten in ihrer Hand. Wie ein Schatten an der Wand tauchte die Frage nach dem Warum auf. Hatte er sie betrogen? Warum hatte er sie betrogen? War sie ihm nicht mehr zärtlich genug gewesen, hatte sie im Bett versagt? War die andere – jünger? Oder schöner? Oder eine Kanone ihm Bett, wie es in einem alten Männerwitz hieß? Hatte er das bei ihr gefunden?

Plötzlich bekam sie keine Luft mehr, fühlte sich schier am Ersticken. Sprachlosigkeit schnürte ihr die Kehle zu. Rasch nahm sie den Hund an die Leine und ging mit ihm in die Nacht hinaus. Doch selbst der Wald blieb stumm, war keiner Antwort mächtig auf all ihre Fragen. Sie blieb kurz stehen, atmete tief ein. Ruckartig machte sie kehrt, wandte dem Wald, der immer ein guter Freund gewesen war, den Rücken zu. Mit raschem Schritt steuerte sie die Hügelkante zwischen den Feldern an. Dort stand an einem Feldrain zwischen zwei Birken eine Bank. Sie setzte sich, blickte ins Tal auf das spärlich beleuchtete Dorf. Ein leiser Wind kam auf, strich ihr zärtlich über die Füße. Stille überfiel sie, wohltuende Stille. Ihre Gedanken waren leer. Reglos saß sie da, den Blick starr in das Tal gerichtet. Fünf endlos scheinende Minuten, wollte nicht denken, konnte nicht denken. Doch dann richtete sie ihren Blick auf den Ehrfurcht gebietenden, alles überwölbenden Sternenhimmel. Ein Schauer durchlief ihren Körper, ließ sie zur Besinnung kommen. Plötzlich war alles wieder so wie damals als Kind, als sie oft genug allein draußen war und die geheimnisvolle Botschaft der Natur aufnahm und verstand. Doch auch dieser Moment ging rasch vorüber. Brandschwarzer Zorn wallte in ihr auf, sie sprang auf und reckte ihre geballte Faust dem Dorf im Tal entgegen. »Warum«, schrie sie hinunter, »warum?«

Später trat sie den Rückweg an. Sie rang mit sich, ob sie der Kriminalpolizei von dem verschwundenen Geld und den mysteriösen Kinokarten berichten sollte. Nach reiflicher Überlegung beschloss sie jedoch, die Sache selbst in die Hand zu nehmen. Sie musste herausfinden, wer die andere war und was er mit ihr vorhatte.

Sie ging zu Bett. Die Geräusche der Nacht stahlen sich in ihr Zimmer. Ruhelos wälzte sie sich im Bett und ertappte sich dabei, wie sie hinübergriff auf die andere Seite des Bettes, so wie sie es immer tat, wenn sie nicht einschlafen konnte, weil sie irgendetwas bewegte und sie seinen Schutz suchte in der Hoffnung, dass er unter ihre Decke kroch und sie beruhigte. Doch niemand war da, der sie behütete und von ihrer Lebensangst befreite.

6

Am nächsten Tag rekonstruierte die Kripo den Mord am Tatort. Raffl musste als Versuchskaninchen herhalten. Man hatte eine Puppe mitgebracht, welche in Größe und Gewicht etwa dem Förster entsprach, und legte sie auf den breiten Waldweg neben den Lacken. Raffl mühte sich beim Aufheben, ergriff deshalb kurzerhand die Handgelenke der Puppe und zerrte sie den Abhang hinunter. Altes Laub kollerte den Hang hinunter, nasse, lehmige Erde rieselte nach. Beim Bach angelangt, ließ sich Raffl nieder und schnappte nach Luft, stieg dann über den Bach und zog die steife Puppe ans andere Ufer. Langsam kämpfte er sich, die schwere Puppe im Schlepptau, den Hang zum Nonnenloch hinauf. Nun kam der schwierigste Teil des Versuches. Mit allerletzter Anstrengung schaffte es der Polizist, die Puppe in die Höhe zu ziehen, sie an den Felsen zu lehnen, dann über die Kante desselben zu hieven und in den Spalt hineinfallen zu lassen. Schwer atmend ließ er sich auf einen Baumstumpf nieder. »Das war ein hartes Stück Arbeit, ich bin total fertig. Entweder tauge ich nichts mehr oder der Mörder hatte Bärenkräfte!« Erstmals in seinem Leben wurde Raffl zum Schauspieler, da man die ganze Szene mit einer Videokamera aufnahm.

Ebert hatte die Zeit gestoppt. »Die ganze Aktion dauerte zweiundzwanzig Minuten. Doch bei der Tat spielte die Zeit gewiss keine Rolle. Die Wahrscheinlichkeit, dass sich ein zufälliger Beobachter hierher verirrte, war gleich null. Er hatte also die ganze Nacht Zeit, den Leichnam zu entsorgen und die Spuren zu verwischen. Einzig und allein die Reifenspuren, den abgerissenen Knopf und die paar Blutspritzer hat er für uns übrig gelassen!«

Das Team verließ den Wald und besetzte wieder das Hauptquartier im Dorf. Ebert versammelte seine Leute rund um den großen Tisch im Aufenthaltsraum und rekapitulierte den bisherigen Ermittlungsstand. Dazu ging er zur Papierwand.

»Wir wissen also, dass der Mord am Sonntag zwischen 17 und 19 Uhr stattfand. Die einzigen Spuren, die wir gefunden haben, sind Blutspritzer, ein rechter Schuh mit dazugehörendem Socken und ein Knopf. Das Blut wurde als das Blut des Opfers identifiziert. Der Knopf ist aus Hirschhorn, wie man ihn normalerweise auf Trachtenkleidung, Jagdbekleidung oder einem Hubertusmantel findet, er stammt von der Kleidung des Täters. Die Tatwaffe war eine Schrotflinte, vermutlich eine Rottweil 770. Dieses Fabrikat ist im höheren Preissegment angesiedelt, es ist eher nicht zu erwarten, dass einer der hier ansässigen Jäger so eine teure Waffe hat. Leider wurden keine Patronenhülsen am Tatort sichergestellt, aber aller Voraussicht nach war es eine starke Ladung, wahrscheinlich Kaliber 12/76. Wir können davon ausgehen, dass die Tat vorsätzlich geplant war, ein Unfall, wie er hin und wieder schon bei einer Jagd passiert ist, kann somit ausgeschlossen werden. Der Täter dürfte mit beinahe hundertprozentiger Sicherheit unter den Jägern zu finden sein, wir können davon ausgehen, dass es sich um einen großen, kräftigen Mann handelt. Was wir nicht kennen, ist das Motiv. Ich persönliche tippe auf einen Mord aus Leidenschaft, allein schon deshalb, weil der Täter dem Opfer überhaupt keine Chance ließ. Er wollte ihn töten und hat ihn getötet. Warum, das entzieht sich bislang unserer Kenntnis. Eifersucht, Gier, Konkurrenz, Neid, eine alte Feindschaft unter Jägern? Das sind die Fakten und die sind nicht gerade überwältigend.«

Nun wandte er sich Walter zu. »Du fährst zur Bezirkshauptmannschaft und hebst alle Jagdkarten für das Gebiet im Umkreis von dreißig Kilometern aus, leider gehören Schrotflinten zur Kategorie D und sind nicht meldepflichtig, da haben wir Pech. Raffl, du hörst dich im Dorf um. Du kennst alle Leute hier, geh zum Obmann vom Jagdausschuss und hol die Namen von den Jägern ein. Am Abend, wenn sie von der Arbeit daheim sind, sammelst du alle Schrotflinten ein und bringst sie hierher. Wir werden sie ballistisch prüfen lassen, aber ich denke, daraus wird sich nichts ergeben. Ich hab um zehn Uhr einen Termin beim Forstdirektor, werde dort Auskünfte über das Opfer einholen. Die anderen gehen noch einmal in den Wald. Sucht auf dieser Forststraße nach weiteren Reifenspuren, vielleicht bekommen wir noch einen brauchbareren Profilabdruck. Leuchtet auch noch einmal in die Spalte hinein, vielleicht findet ihr noch irgendeinen Beweis. Klettert auf den Felsen hinauf, von dort seht ihr besser in die Spalte hinein. Krempelt noch einmal alles um. Kehrt das Untere nach oben, zieht einen Kreis von dreißig Metern rund um das Nonnenloch, klaubt alles auf, was dort nicht hingehört.

Ideal wäre es, wenn wir Patronenhülsen finden würden. Demjenigen, der das Handy des Opfers findet, spendier' ich ein dreigängiges Menü beim Kirchenwirt. Los, an die Arbeit!«

Raffls erster Weg führte ihn zum Kirchenwirt. Er bestellte sich ein Bier, setzte sich zur Wirtin an die Theke. Es war ihm hinlänglich bekannt, dass Wirtinnen eine besondere Vertrauensstellung genossen und oft genug Probleme von weinseligen Gästen aufgetischt bekamen. Geschickt lenkte er das Gespräch auf den Förstermord. Die Wirtin zeigte sich tief erschüttert. Der Förster war allerdings kein Wirtshaushocker gewesen, kam nur hin und wieder her, meist nur in Begleitung von Kollegen.

»Gibt es schon eine heiße Spur?«, wollte sie wissen. Als eifrige Krimileserin zeigte sie sich hoch interessiert. Außerdem war nie zuvor ein Mord in der Gegend geschehen und so war sie dankbar für jedes Ereignis, das sie aus der Trivialität des Dorflebens riss. Natürlich war der Mord an ihrem Oberförster das Gesprächsthema Nummer eins im Umkreis von zwanzig Kilometern. Jeder hatte den Förster gekannt. Manche mochten ihn, manche nicht und die meisten kannten ihn sowieso nur oberflächlich. Seine Frau hingegen kannten alle, denn sie war eine der ihren, aus dem Dorf gebürtig und hier aufgewachsen. Der Großteil der Bevölkerung verurteilte den Mord auf das Heftigste, einige wenige waren der Ansicht, dass der Förster ein wortkarger, unwirscher Einzelgänger gewesen sei, der keinen Kontakt zur übrigen Bevölkerung gesucht hätte und deshalb auch kaum jemandem abgehe.

Raffl ließ sich auf das Gespräch ein, in der Hoffnung, geschlossene Schleusen öffnen zu können. »Der Mörder kannte sich im Wald gut aus, das ist klar. Mit Sicherheit war es ein Jäger, denn wer hat sonst schon eine Schrotflinte? Beweise gibt es leider sehr wenige, das Blut stammt eindeutig vom Opfer. Der Täter muss Handschuhe getragen haben, denn es gibt keinerlei Fingerabdrücke. Wir gehen davon aus, dass es ein Mann war, denn es war ein hartes Stück Arbeit, den armen Sepp in die Spalte zu werfen. Das Motiv ist nach wie vor unklar. Vieles spricht für einen Rachemord, denn es war wie eine Hinrichtung. Der Mörder muss ihm nachgeschlichen sein und hat ihn dann aus kürzester Entfernung mit Schrot förmlich durchsiebt. Der Sepp hat nicht die geringste Chance auf Gegenwehr gehabt!«

Die Wirtin stand mit vor Erregung rot angelaufenen Wangen hinter der Theke und beugte sich zu Raffl vor. Dieser richtete den Blick zunächst auf den tiefen Ausschnitt des Dirndls, bevor er sich nun seinerseits vorbeugte und der aufgeregten Wirtin auf wenige Zentimeter nahe kam. Leise und sehr, sehr geheimnisvoll sprach er weiter. »Man glaubt, dass der Täter aus dem Ort sein könnte, kannst du dir so etwas vorstellen? Du hörst doch viel, hat irgendwer blöd dahergeredet, angegeben, eindeutige Anspielungen gemacht?«

»Nein, eigentlich nicht«, entgegnet die nicht unhübsche Wirtsfrau. »Natürlich haben alle darüber geredet und alle möglichen Vermutungen angestellt, aber ich kann mich nicht entsinnen, dass irgendwer irgendwen direkt beschuldigt oder verdächtigt hätte! Rund um den Mord hat es heftige Diskussionen gegeben. Keiner aber hat irgendwie zu erkennen gegeben, dass er sich besonders für den Fall interessiert, ich kann mir auch nicht vorstellen, dass ein Einheimischer dahintersteckt, die sind doch alle mit sich selbst beschäftigt, einen Mord trau ich keinem zu. Alle haben gewusst, dass ihr den Lehner verhört habt. Doch der ist doch nur ein Großsprecher und so faul, dass er nicht einmal einen Abzug betätigen würde!«

Raffl stocherte weiter, da er wusste, dass auch der Wirt zur Jägerschaft des Ortes gehörte und viele Jäger im Umkreis kannte. »Hat dein Mann nicht auch eine Schrotflinte?«

»Ich denke schon. Hat denn nicht jeder Jäger eine? Doch ich hab mich nie darum gekümmert, mir sind Waffen suspekt und er hat sie ordnungsgemäß im Waffenschrank eingeschlossen. Und der Lois hat den Sepp sicher nicht umgebracht, dafür leg ich meine Hand ins Feuer, der war Sonntagabend hier, weil wir volles Haus hatten«, erwiderte sie aufgebracht, immer lauter werdend, seit Raffl ihren Mann ins Spiel gebracht hatte.

»Ach, reg dich wieder ab, ich muss diese Frage doch allen Jägern stellen, das war absolut rein beruflich gemeint, du weißt doch, dass ich nichts gegen den Lois habe«, rechtfertigte sich der Polizist, »und dich hab ich noch lieber!« Er streichelte ihr beschwichtigend über die rechte Wange und schenkte ihr ein warmes Lächeln, sodass sie nun abermals errötete. Als er sein Bier bezahlen wollte, drehte sie sich um und trat mit einem kurzen »Geht auf's Haus« den Rückzug in die Küche an.

Raffl lächelte in sich hinein, da sie so verlegen war. Ob sich vielleicht irgendwann einmal eine günstige Gelegenheit offenbarte? Er stieg in den Wagen und fuhr zum Obmann des Jagdausschusses, der am unteren Ende des Ortes wohnte. Dieser hatte den Besuch bereits vorhergesehen und eine Liste aller Jäger des Dorfes erstellt. Drei von ihnen waren gemeinsam Pächter der Dorfjagd außerhalb des großen Herrschaftswaldes. Der Wirt gehörte dazu. Zwei weitere Jäger waren gelegentlich in der Nachbarjagd aktiv, einer, ein Wiener mit Zweitwohnsitz im Dorfzentrum, wurde alljährlich zur Herrschaftsjagd eingeladen. Alle sechs waren Besitzer von Schrotflinten, überraschenderweise entsprachen vier davon dem Typ der Mordwaffe. Diese zog Raffl noch am selben Abend ein und brachte sie auf die Polizeistation. Ein Mitarbeiter der Kripo würde sie am nächsten Tag ins Labor bringen. Ebert war sich sicher, dass dies nur eine Zeit verschwendende Alibitätigkeit war, aber er konnte sich nicht erlauben, einen Fehler zu begehen.

Ebert ging in die Forstkanzlei. Das gesamte Personal war tief betroffen vom Mord an ihrem Kollegen. Allesamt stellten sie ihm ein gutes Zeugnis aus, auch der betagte Forstdirektor beschrieb ihn als äußerst korrekten Mitarbeiter, der aller Voraussicht nach auch als sein Nachfolger in Betracht gezogen worden wäre. Niemals hatte es Probleme mit ihm gegeben, er war eben ein Mann, der seine Arbeit pflichtschuldig verrichtete, zur Zufriedenheit aller. Freilich war er kein gesprächiger Mann, eher zurückhaltend, aber einer, der seine Arbeit liebte und seinen Rayon vorbildlich betreute. Ebert befragte den Forstdirektor, die zwei anderen Förster, den Forstadjunkt und die Sekretärin, die knapp vor ihrer Pensionierung stand, getrennt nacheinander, ohne wertvolle Hinweise zu bekommen.

Die Vermerke und Hinweise, gespickt mit Pfeilen und Kreisen auf der Papierwand wurden immer mehr, doch das Warum war noch immer in weite Ferne gerückt.

7

Samstagmorgen rissen Ebert und Walter den Fernfahrer aus dem Schlaf und holten ihn zur Vernehmung ab. Dieser, ein Riese von Statur mit der Figur eines Bodybuilders und Händen so groß wie ein Klodeckel, war bass erstaunt, was sie denn von ihm wollten. Ohne Widerstand zu leisten fuhr er mit den beiden Kommissaren auf das Polizeirevier.

»Wo waren Sie am Sonntag zwischen 16 und 20 Uhr?«, stellte Ebert die allseits bekannte Frage aus seinem Fragenkatalog.

Hinterholzer lachte kurz auf. »Ihr denkt wohl, ich hab den Förster erschossen, oder? Doch ich war es nicht, ich bin nicht so bescheuert und bring einen Menschen um. Wollt ihr mir etwa diesen Mord anhängen, das würd' euch wohl passen, oder nicht? Ich war Sonntagmittag bei meiner Freundin essen, nachmittags machten wir einen Spaziergang und waren dann auf einen Kaffee bei der Familie ihres Bruders eingeladen. Um sechs Uhr kehrten wir zurück, spielten noch eine paar Bummerln und um acht Uhr ging ich zu Bett, weil ich ja um vier Uhr früh wieder aufstehen musste.«

Ebert ließ nicht locker. »Sie haben aber ein Motiv, ein stärkeres als all die anderen, die wir bis jetzt befragt haben!« Er fischte den Akt aus seiner Tasche, hielt ihn Hinterholzer provozierend vor die Nase. »Sie sind vor vier Jahren beim Wildern vom Förster gestellt worden und drei Monate in Stein gesessen, das haben wir hier schwarz auf weiß. Vielleicht ist dort in Ihnen der Gedanke gereift, es dem Förster irgendwann einmal heimzuzahlen?«

Hinterholzer brauste auf: »Ach, das mit der Wilderei, das ist doch Schnee von gestern. Ich hab das aus purem Unfug gemacht, damals, vor vier Jahren, und bin dafür abgeurteilt worden, die Sache ist vorbei und gegessen!«

»Haben Sie nicht damals bei der Verhandlung dem Förster Rache geschworen und ihm noch im Gerichtssaal zugerufen, dass Sie ihn umbringen wollen? Das ist im Protokoll festgehalten worden, damals am Bezirksgericht, das ist Fakt.« Ebert verschärfte die Gangart. »Das ist eine klare Morddrohung, oder nicht? Und jetzt spielen Sie das Unschuldslamm, das klingt nicht sehr überzeugend für mich. Ich möchte kein Hehl daraus machen, dass Sie für mich der Hauptverdächtige sind. Ihr Motiv, Rache am Oberförster zu üben, ist stichhaltig.«

»Mein Gott, man sagt doch bald was im Affekt. Ich war ja mehr auf mich selbst böse, dass ich mich hab erwischen lassen. Doch ich hab dafür gebüßt, bin drei Monate im Häfen gesessen und wegen diesem Blödsinn nun vorbestraft. Ehrlich gesagt, war es für mich aber schon eine kleine Genugtuung, als mich meine Freundin unterwegs anrief und mir die Neuigkeit berichtete. Doch in keinem Moment hatte ich den Vorsatz, den Förster wirklich abzuknallen, das müsst ihr mir glauben. Ich hab einen guten Job bei der Spedition und den möcht' ich behalten, ich bin seit diesem Vorfall sauber und hab mir nichts mehr zuschulden kommen lassen. Außerdem habe ich ihn seit der Gerichtsverhandlung nie mehr wiedergesehen. Ich bin viel im Ausland unterwegs und brauch' das Wochenende zum Ausruhen.«

Ebert schrieb Namen und Adresse der Freundin und ihres Bruders auf, wies einen anderen Beamten an, beide anzurufen, und setzte das Verhör fort. »Sind Sie im Besitz einer Schrotflinte oder sonstiger Waffen?«

»Nein«, schwor Hinterholzer, »die wurden doch damals alle beschlagnahmt und liegen seither in irgendeiner Asservatenkammer! Das lässt sich jederzeit überprüfen, wenn ihr euch die Mühe überhaupt machen wollt. Man hat sie mir nie mehr wiedergegeben. Und jetzt lasst mich bitte in Ruh', ich hab euch schon hundertmal gesagt, dass ich den Kerl nicht erschossen hab!!«

Nun wurde Ebert grantig. »Moment mal, mein Freund, wie und was wir machen, lassen wir uns von dir sicherlich nicht vorschreiben.« Wie schon oft wechselte Ebert nun im Verhör vom Sie zum Du. Der Kerl war ihm von Anfang an suspekt, er mochte keine Kraftlackeln mit extrem kurzer Stoppelglatze, keine hantelgestählten Goldkettchenträger, die glaubten, Gott und die Welt gehöre ihnen. Er war voreingenommen, denn vom Aussehen her ähnelte Hinterholzer einem der Neonazis, die erst vor Kurzem Stunk gemacht hatten. »Wir sind noch lange nicht fertig, wir zwei. So schnell wirst du uns nicht los, du musst uns erst überzeugen, dass du keinen Dreck am Stecken hast. Kennst du den Wald und die Felsengruppe, die man Nonnenloch nennt?«

Jetzt war es Hinterholzer, der schrie: »Ich bin in der Gegend aufgewachsen, da ist es doch klar, dass ich den Wald und das Nonnenloch kenne, jeder kennt das. Wenn sie die alle verhören wollen, dann sitzen sie in einem Jahr noch immer in diesem Kaff hier. Das beweist doch gar nichts! Jeder Schwammerlsucher, jeder Holzhacker und jeder Jäger im Umkreis von zehn Kilometern kennt den Finsteren Graben, keiner aber traut sich bei Nacht dorthin, weil es angeblich spuken soll.«

Die Tür ging auf, ein Beamter kam herein und flüsterte Ebert ins Ohr. Dieser nickte. »Okay, deine Freundin und ihr Bruder haben dein Alibi bestätigt, doch das heißt noch lange nicht, dass du jetzt aus dem Schneider bist. Wir werden auch die vorladen. Du kannst gehen, aber glaub mir, die Sache ist für mich noch lange nicht erledigt, wir hören noch voneinander!«

Hinterholzer machte sich schleunigst aus dem Staub. Ebert seufzte: »Jetzt haben wir genauso wenig wie vorher, aber wir werden den Kerl im Auge behalten. Auf alle Fälle werden Raffl und ich heute beim Begräbnis dabei sein. Es ist zwar nur eine uralte Klischeevorstellung aus den klassischen englischen Krimis, dass der Mörder in der Menge sein könnte. Wir werden die Augen offen halten, ob sich irgendwer auffällig benimmt. Denn es ist klar, dass das ganze Dorf auf den Beinen sein wird. Egal, ob aus Anteilnahme oder aus Neugier. Der Förster war allseits bekannt und seine Frau stammt von hier. Sollte der Täter tatsächlich einer von hier sein, dann würde es dem tratschenden Volke verdächtig vorkommen, wenn er nicht anwesend wäre. Besonderes Augenmerk gilt den anwesenden Jägern, die sind mit ihrer grünen Kleidung und dem Bruch auf ihrem Hut leicht zu erkennen, und ich wette ein Monatsgehalt, dass der Mörder in diesem Kreis zu finden ist! Wir zwei werden hier die Stellung halten, alle anderen haben das Wochenende frei. Am Montag geht es wieder weiter!«

Die kleine Dorfkirche platzte aus allen Nähten. Gut und gern vierhundert Trauergäste wohnten dem Requiem bei. Verwandte und Bekannte, die Angestellten der Herrschaft, an die dreißig Jäger, alle Förster aus dem Bezirk und der Großteil der Dörfler waren gekommen. Teils aus aufrichtiger Trauer, teils aus reiner Sensationsgier, schließlich erlebt man nicht alle Tage einen Mord. Raffl stand auf der Orgelempore neben den Sängern und überblickte die Menge, Ebert hatte sich unter das Volk gemischt. Der greise Pfarrer sprach gesetzte Worte über Leben und Tod des Verstorbenen, welcher durch ein verabscheuungswürdiges Verbrechen in der Blüte des Lebens aus diesem gerissen worden war. Der Kirchenchor sang »Der Herr ist mein Hirte« und »O Haupt voll Blut und Wunden« und eine Kollegin Susannes aus der Volksschule ein feierliches »Ave verum« von Mozart. Stille durchdrang danach das Kirchenschiff, um nur von einem gelegentlichen Schluchzer unterbrochen zu werden. Nach dem Segen trugen vier Kollegen den Sarg hinter Kreuzträger, Pfarrer, Mesner und zwei Ministranten aus der Kirche hinaus auf den Friedhof. Die Menge drängte sich zwischen den Gräberreihen nach vorne, jeder wollte nahe genug am Grab sein. Die einen, weil sie echt um den Toten trauerten, die anderen, um die Reaktionen der Witwe und Anverwandten zu belauern. Wer da war und wer nicht da war, aber eigentlich hätte da sein müssen oder sollen. Von wem Kränze da waren, was auf den Schleifen stand, wem der Tote nur ein Bukett oder ein paar Blumen wert gewesen war. Die Jagdhornbläser bliesen eine feierliche Hymne und, als die Jäger am Grab Abschied nahmen und den Bruch von ihren Hüten in die Grube warfen, das Signal »Jagd aus!«.

»Und nun lasset uns beten, wie der Herr uns zu beten gelehrt hat«, kam es wie immer krächzend aus dem Megafon. »Vater unser im Himmel ...«

Raffl und Ebert hatten sich geschickt positioniert, um den Überblick zu behalten. Nichts Auffälliges war zu sehen, nichts Auffälliges zu hören außer dem gleichförmigen Klangteppich der Gebete. Viele der Trauergäste hatten Tränen in den Augen, standen mit zum Gebet gefalteten Händen und starrem Blick regungslos da. Die Tatsache, dass der Förster Opfer eines scheußlichen Meuchelmordes geworden war, verstärkte die Gefühle von Angst und Verzweiflung und so mancher ballte nach dem Gebet die Hand zur Faust. Sonderbare Stille lag über dem Friedhof, man konnte ahnen, dass sich in vielen Köpfen nicht nur die Trauer über den Tod des Kollegen, des Freundes breit machte, sondern auch starke Emotionen, Wut und der Wunsch nach Rache. Kopfschüttelnd standen sie da, nicht begreifen wollend, was passiert war. Das Gefühl, dass der Mörder noch immer frei herumlief, ja vielleicht sogar unter ihnen hier am Friedhof war, lähmte die Anwesenden. Eine Schar Krähen, die in diesem feierlichen Augenblick des Schmerzes, der Wut und Verzweiflung, aber auch der Angst, über den Friedhof flog, ließ kalten Schauer über so manchen Rücken rieseln.

Stockend setzte sich die Menge in Bewegung, verließ schweigend den Gottesacker. Die Verwandten, die Mitarbeiter der Herrschaft, die Kollegen und Jäger traten den Weg zum Kirchenwirt an. Susanne hatte auch Ebert und Raffl gebeten, am Totentrunk teilzunehmen. Sie mischten sich unter die Jäger, spitzten ihre Ohren, warfen hin und wieder Bemerkungen über den Mord ein. Die Bestürzung war groß und der begründete Verdacht, dass es einer aus ihren Reihen gewesen sein könnte, belastete sie außerordentlich. Jeder von ihnen hatte sich wohl schon hundertmal die Frage nach dem Wer und dem Warum gestellt. Die Stimmung war gedrückt und wurde auch durch das gute Essen nicht lockerer. Immer wieder war man bemüht, das Thema zu wechseln, niemand wollte so recht mit der Sprache heraus. Weder Vermutungen wurden geäußert, geschweige denn Verdächtigungen. Ebert und Raffl verzogen sich, ahnten, dass jede Minute länger nur Zeitverschwendung bedeutete. Am Kirchenplatz verabschiedete sich Ebert von Raffl. »Wir werden ein paar Tage Pause einlegen und sehen, ob sich was tut, die Sache endlich in Bewegung kommt. Halt bitte die Ohren offen und ruf mich an, wenn du fündig wirst. Horch dich weiterhin im Dorf um, jeder kleine Hinweis könnte den Durchbruch bringen.«

Raffl war ehrgeizig. Noch am selben Abend rief er Susanne an, ob sie etwas entdeckt hätte. Sie aber war müde von dem vielen Händeschütteln, echter und falscher Anteilnahme, wollte allein sein. Mehr wollte sie nicht sagen, mehr konnte sie nicht sagen. Der Schock, den ihr die Gewissheit, dass ihr Mann mit großer Wahrscheinlichkeit eine Geliebte hatte und mit dieser ein neues Leben beginnen wollte, bereitet hatte, saß noch zu tief. Sie beschloss, zuerst einmal selbst weiterzusuchen. Am Sonntag besuchte sie, wie die letzten Jahre zuvor, die heilige Messe. Doch diesmal war es anders, der Mann an ihrer Seite fehlte. Sie rang mit sich, ob sie ihm verzeihen konnte und vor allen Dingen auch verzeihen wollte. Ihre Eltern luden sie ein, mit ihnen gemeinsam Mittag zu essen, doch sie lehnte ab. Ihr war nicht nach Essen zumute, es gab noch so viel aufzuarbeiten, so viele Gefühle ins Reine zu bringen. Darum ging sie, stets von neugierigen Blicken der Kirchgänger verfolgt, den Berg hinauf ins Forsthaus. Dort angekommen, gönnte sie sich eine Tasse Tee und aß ein paar Kekse dazu, nach mehr stand ihr nicht der Sinn. Der Hund stand neben ihr und winselte. Ihm ging sein Herrl ab, vorurteilslos, frei von Gedanken an Schuld und Sühne. Susanne nahm die Leine vom Haken und ging mit ihm hinaus. Unwillkürlich lenkte sie ihre Schritte zum Finsteren Graben. Stand lange am Rande des Abhangs, den Blick in die dunkle Waldschlucht gerichtet. Ließ den Hund von der Leine, der sofort hinunter zum Nonnenloch lief, gerade so, als hätte er es gespürt, dass sein Herrl dort drinnen gelegen war. Susanne eilte ihm nach und strebte, wie von magischer Hand gezogen, auf die Felsspalte zu. Sie blickte hinein, als ob es noch eine Hoffnung gäbe. Nichts war mehr dort, was sie an ihren Sepp erinnerte. Sie setzte sich auf einen bemoosten Stein und begann zu weinen. Sie weinte nicht unbedingt um ihren Sepp, sondern um sich selbst. Plötzlich tauchten tief in ihrem Inneren verborgene Zweifel auf, ob er jemals »ihr Sepp« gewesen war. Zumindest in den letzten Jahren, in der Zeit, in der ihre einst so große Liebe immer mehr erkaltet war. In den peinigenden Jahren des Nebeneinander-her-Lebens, des Sich-nichts-mehr-zu-sagen-Habens, den Jahren der Lethargie und der sprachlosen Vereinsamung, der Kinderlosigkeit. Dieser Makel war ihr ein ständiger Begleiter geworden, unsichtbar, aber dennoch schmerzhaft. Sie hatten sich beide Kinder gewünscht und die Tatsache, dass sie nicht fähig war, Kinder zu empfangen, lastete zentnerschwer auf ihrer Seele. Sonst hatte sie ihm alles gegeben, zu dem sie fähig war, doch ihm war dies nicht genug. Ihr war es nicht mehr bewusst, wann sich diese Liebe wie ein Haushaltsgerät abgenutzt hatte, wie ein Werkzeug. Nach außen hin wurde freilich der Schein stets gewahrt. Beim sonntäglichen Kirchgang etwa, beim Kirtag im Sommer, beim Feuerwehrball im Winter. Selbstverständlich spielte man auch bei Treffen mit Kollegen heile Welt, doch die Wirklichkeit sah anders aus. Beide fanden Zuflucht in der majestätischen Natur des Waldes. Er stürzte sich immer mehr in seine Arbeit, sie entfloh in die Gedankenwelt von Waldgeistern, Trollen, Nymphen und Elfen.

Nun aber war ihr Mann tot. Seltsamerweise stellte sie sich nicht die Frage nach dem Wer, sondern nach dem Wieso. Sie war felsenfest überzeugt, dass der Mörder über kurz oder lang gestellt werden würde. Dies war Aufgabe der Polizei, ihr aber blieb es vorbehalten, nach dem Grund zu suchen, und sie würde so lange nicht aufhören, bis sie wusste, warum der Sepp erschossen worden war. Bislang hatte sie sich nicht allzu viele

Gedanken über den Tod gemacht, schon gar nicht über einen Mord. So etwas liest man doch nur in Kriminalromanen, das erlebt man nicht selbst, oder? Nun aber stand sie im Mittelpunkt des Geschehens und es war ihr klar, dass sie sowohl für die Polizei als auch für die Dorfbewohner unten im Tal als mögliche Täterin infrage kam. Vielleicht hatte es einen Streit gegeben, vielleicht hatte sie einen Geliebten, vielleicht hatte er eine Geliebte, wer weiß? Natürlich wurde rundherum spekuliert. Die grausame Tat war für die Dorfbewohner ein Gottesgeschenk, das sie aus der Dumpfheit ihres Daseins herausriss und Stoff für Vermutungen und Beschuldigungen gab. Zeitungsreporter hatten das Dorf regelrecht überrannt und Passanten darüber befragt, sogar im »Österreich-Bild« war ein Bericht über den Mord am Oberförster gesendet worden. Auch sie wurde ständig mit Fragen durchlöchert, ob sie irgendjemanden in Verdacht hätte, welches Motiv es geben könnte und wie es mit ihr nun weitergehen würde. Genau daran aber hatte sie bisher noch keinen Gedanken verschwendet. Nun, in der Stille des Waldes, wurde ihr bewusst, dass das Forsthaus eigentlich der Herrschaft gehörte, eine Dienstwohnung war. Würde sie nun ausziehen müssen? Und wann? Was sollte sie dann tun, sich eine Wohnung in der kleinen Stadt suchen, wo sie unterrichtete, oder gar zu ihren Eltern ins Dorf ziehen? Wie würde es weitergehen? Als ihr nun aber der Gedanke kam, dass es ein Glück war, keine Kinder zu haben, für niemanden außer für sich selbst mehr verantwortlich zu sein, begann sie wieder zu weinen. Angst machte sich in dem Bewusstsein breit, dass ihr Innerstes bisher Konflikte und Probleme stets verdrängt und verleugnet hatte. Immer war er dagewesen, der wie ein Schwamm alles aufsog, was sich ihnen in den Weg stellte. Auf den sie alles abwälzen konnte, was sie bedrückte. Doch nun war sie allein. Ihre Eltern waren alt, würden irgendwann einmal auf dem Friedhof ruhen. Die Arbeit in der Schule befriedigte sie, machte ihr Freude. Doch nun würde das Haus leer sein, wenn sie vom Unterricht heimkam. Plötzlich fürchtete sie, in der Stille des Hauses, in der Stille des Waldes verrückt zu werden. All das, was ihr in ihrem Leben bislang so viel Freude bereitet hatte, bedrückte sie nun. Die Abgeschiedenheit des Forsthauses oben am Berg, am Waldesrand, einen Kilometer entfernt vom Dorf, wo munteres Leben herrschte, machte ihr Angst. Sepp hatte keinen Anschluss an die Gemeinschaft des Dorfes gesucht und sie hatte sich gefügt. Solange sie glücklich waren, genügten sie sich selbst, bot der Wald genug Rückzugsmöglichkeit, wenn jeder für sich einen Moment lang allein sein wollte. Deshalb hatten sie Freundschaften nie gesucht, weder er noch sie. Gelegentliche Besuche zu den Feiertagen bei Eltern oder Verwandten waren eher die Ausnahme als die Regel gewesen. Jetzt aber war sie allein, konnte sich niemandem anvertrauen, mit keinem über ihre plötzliche Lebensangst sprechen. Sie kannte niemanden, der so weitherzig und offen war, in dessen Anwesenheit sie laut hätte denken können.

Diese existenzielle Frage traf sie wie ein Hammerschlag. Erst jetzt, in der Düsternis des Waldes, wurde ihr plötzlich bewusst, dass sich ihr Leben nun von Grund auf ändern würde. Sie hatte sich bislang nur mit dem Zustand des Seins, des Lebens beschäftigt, doch nun, da sie allein war, änderte sich ihr fundamentales Verhältnis zum Tod, also zum Nichtsein und zur Veränderlichkeit des Lebens. Plötzlich vernahm sie überlaut das Gluckern des kleinen Baches, der zu ihren Füßen floss, über bemooste Steine seinen Weg zu seiner Bestimmung suchte, irgendwo weiter unten einen größeren Bach zu speisen. In ihrer schwärmerischen Jugendzeit war der Wald rund um das Nonnenloch ihr Lieblingsplatz gewesen. Nachgedunkelte Bilder der Erinnerung wurden in ihr wach. Die hoch aufgetürmte Felsformation, verwinkelt und verschachtelt, mit rund abgeschliffenen Granitblöcken, voller tiefer Spalten, tektonischer Verwerfungen, Überhänge und Nischen, hatte nicht nur ihre Fantasie genährt, sondern auch zur Legendenbildung in der Bevölkerung beigetragen. Die jahrtausendealten Steine strahlten nicht nur ewige Weisheit aus, sondern verstärkten um ein Vielfaches die Mystik, die geheimnisvolle Aura des Waldes, auf dessen Boden sich selten ein Sonnenstrahl verirrte. Das schmale Bächlein, welches sich durch grasigen Grund schlängelte, zwischen Steinblöcken tänzelte, um einmal über einen Stein, dann wieder unter einem Stein dahinzusprudeln, war ihr immer ein guter Freund gewesen. Dem ewig fließenden Wasser hatte sie all ihre Gedanken, Träume und Nöte anvertraut, sich dem frohen Lied der wandernden Welle verbunden gefühlt, der griechischen Nymphe Panope gleich. Tränen schossen ihr ein, wenn sie zurückdachte an die schwärmerische Poesie in den Tagen der Pubertät. Seltsamerweise hatte sie immer den Drang verspürt, hier, in dieser Landschaft, die ihrer Seele nahestand, begraben zu werden. Die Ungerechtigkeit, dass nun ihr Sepp hier sein Leben ausgehaucht hatte, brach ihr das Herz. Sie vermeinte Stimmen zu hören, die sie trösten, ihr helfen wollten. Die Mystik, die sie in ihrer Jugendzeit so fasziniert hatte, relativierte und transzendierte mit einem Schlag ihr Herzensleid, ihre Ich-Bezogenheit, die Isoliertheit ihres Selbstseins. In diesen Moment der Heiligkeit und Erhabenheit der Natur erlebte sie einen Augenblick der Bedeutungsschwere, der kaum erklärbar war. Sie erwachte aus sich selbst, nahm den Hund, der sie verwundert anblickte, an die Leine und stieg den Steilhang hinauf. Auf ihrem Weg zurück ins Sein vernahm sie plötzlich wieder den Gesang der Vögel und das Rauschen des Windes in den Ästen unter den dahinjagenden Wolken am Himmel.

8

Ob sie es wollte oder nicht, Susanne betrieb weiterhin Ursachenforschung. Gut möglich, dass ihr Unterbewusstsein sie antrieb, das Unerklärbare doch noch erklärbar zu machen. Eigentlich wollte sie nur einen alten Film im Sonntagnachmittagsprogramm anschauen. Ohne zu wissen warum, sprang sie plötzlich auf und lief zum Bücherschrank. Einer Eingebung folgend begann sie, seine Bücher zu durchsuchen. Er hatte die Angewohnheit, seine Fachliteratur mit allerlei Wissenswertem zu ergänzen. Ausschnitte von Zeitungsartikeln einzulegen, einzelne Aussagen mit Rotstift zu unterstreichen oder relevante Textstellen mit Frage- oder Rufzeichen hervorzuheben. Die Bücher befassten sich durchgehend mit Waldwirtschaft, Botanik, Biologie und dem Jagdwesen.

Vorsichtig breitete sie die Bücher am Küchentisch aus und begann, sie Stück für Stück durchzublättern. Immer wieder fielen Zettel heraus, sprangen ihr akkurat geschriebene Randbemerkungen ins Auge. Ein Prospekt nur war es, der ihre Welt endgültig zusammenbrechen ließ. Die rot-weiß-rote Flagge Kanadas mit dem Ahornblatt sprang ihr wie ein Fanal entgegen. Oberhalb der Flagge war »Immigration« zu lesen, unterhalb »Hand in Hand« und »Canada.« Sie war unfähig, das soeben Gesehene zu verkraften, und begann bei der Zeile »Sie wollen nach Kanada auswandern – überlassen Sie uns die Formalitäten« haltlos zu schluchzen. Tränen der Enttäuschung, nicht der Trauer. Die sprichwörtlichen Schuppen fielen ihr von den Augen, jetzt war alles klar. Er hatte sie verlassen wollen. Mit der anderen, Jüngeren, Schöneren! Deshalb, nur deshalb hatte er das gemeinsam ersparte Geld zur Hälfte geplündert. Als Startkapital in der neuen Heimat. Weit, weit weg von ihr, aus den Augen, aus dem Sinn!

Wut und Zorn brannten in ihr auf. Zorn auf ihren untreuen Ehemann, Wut auf sich selbst. Der Begriff Eifersucht war ihr bisher fremd gewesen. Achtzehn lange Jahre war sie an seiner Seite gestanden, war immer für ihn da gewesen, hatte die eigenen Bedürfnisse um des lieben Friedens willen zurückgestellt. Vertrauen stand in ihrer Herzenseinfalt stets an erster Stelle. Eine gute, biedere Ehefrau wollte sie sein, die all ihre Pflichten erfüllte, ohne auf ihre Rechte zu pochen. Von ihrer Mutter hatte sie gelernt, dass der Mann der Herr im Hause ist, und stand nicht sogar in der Bibel, »dass die Frau dem Manne untertan sei?« Er aber, der gute, liebe Sepp, hochgeschätzt und allseits bewundert, baute ein Lügengebäude auf, dessen Mauern nun wie bei einem Erdbeben einstürzten. All die hehren Worte bei der Trauung, wie Liebe, Wahrheit und Verständnis füreinander, hatte er in den Schmutz gezerrt und mit Füßen getreten. Alle seine Liebesbeteuerungen und Schmeicheleien, sein Übermaß an Komplimenten in der Gesellschaft, dort, wo er heile Welt vorgaukelte, waren nur ein rhetorischer Taschenspielertrick, Erfindungen eines Lügners.

Kurz entschlossen rief sie den Hund, nahm ihn an die Leine und marschierte schnurstracks in den Wald, dem Finsteren Graben zu. Beim Nonnenloch angekommen band sie den Hund an einen Baum. Ohne zu wissen, was sie tat, begann sie, die Felsspalte mit Steinen aufzufüllen, bis sie randvoll war. Es war ein irrwitziger Akt der Befreiung, der symbolischen Trennung. Ihre Hände bluteten, ihre Haut schrie vor Schmerz. Eine Stunde lang werkte sie wie ein Berserker, schleppte Steine heran, das schöne Gesicht verzerrt bis zur Unkenntlichkeit, die Haare wirr zerzaust. Dann sank sie übermannt vor Müdigkeit minutenlang in sich zusammen.

Es dunkelte, als sie die Stätte ihrer Selbstbefreiung verließ. Für sie war das Kapitel abgeschlossen, ein für alle Mal beendet. Ab nun, so schwor sie sich, werde sie ihr eigenes Leben führen, frei von Zwängen und Bindungen. Zu Hause angekommen wurde ihr aber bewusst, dass sich achtzehn Jahre Ehe nicht so leicht unter den Teppich kehren ließen. Was wäre gewesen, so fragte sie sich zum wiederholten Male, wenn wir Kinder gehabt hätten? Hätte sich ihre Ehe dann anders entwickelt? Er hatte immer Kinder gewollt, doch sie konnte ihm keine geben. Immer und immer wieder hatte er beteuert, dass dies nichts in ihrer Ehe änderte. Doch die Gewissheit, dass die »Schuld« bei ihr lag, hatte sie stets schwer belastet und das emotionale Elend des ehelichen Liebeslebens in den letzten Jahren in öde Routine versinken lassen. Niemals jedoch sprach man von Trennung, weder er, noch sie. Beide hatten ihrer Stellung gemäß einen guten Ruf, eine gute Reputation, wie man es wohl hundert Jahre zuvor genannt hätte, zu verteidigen. Er als Oberförster in einer konventionsbedingten Hierarchie, sie als Lehrerin und damit Vorbild für die Jugend. So blieb alles, wie es war.

Der Treuebruch ihres Mannes belastete sie beinahe mehr als sein Tod, wie sie sich schuldhaft eingestand. Als noch bedrückender empfand sie nun aber die Leere im großen Haus, die Stille, die Einsamkeit. Niemand war da, bei dem sie sich ausweinen konnte. Weder unter den Lehrerinnen noch unter anderen Förstersfrauen gab es eine Herzensfreundin, die ihr in dieser schweren Zeit hätte Beistand leisten können. Mit einem Schlag hatte sich ihr Leben geändert. Sie war auf sich allein gestellt. Die Radikalität des Augenblicks war so surreal, so unvorhersehbar und traf sie mitten ins Herz. Eine Tür hatte sich für immer geschlossen, würde sich eine andere öffnen? Wann und wo? Sie war noch keine fünfzig, eine hübsche Frau in der Mitte ihres Lebens, die langsam begriff, dass sie nun vor der Wahl stand, ihr weiteres Leben selbst zu bestimmen. Dieser Zwang zur Lebenswende flößte ihr Angst ein. Wie stark ist mein Recht auf Selbstbestimmung?, fragte sie sich. Bin ich wirklich meines Glückes Schmied, wie soll, wie darf ich dieses neue Leben beginnen, wie ich selbst sein, meinen Willen über den Willen anderer stellen? Auf wen muss ich Rücksicht nehmen, wem bin ich verantwortlich? Ihren Eltern vielleicht, doch in erster Linie ihren Schülern. Habe ich die Kraft und den Willen, einen Neubeginn zu wagen? Sollte sie plötzlich alles hinwerfen, ausziehen, von hier wegziehen, woanders hinziehen? Für die Leute im Dorf wäre es ein Skandal, ein gefundenes Fressen für all die Tratschweiber, die sich je das Maul über sie zerrissen hatten. Tratsch war der einzige Kult, der in der Enge des Dorfes Gelegenheit bot, über andere herzufallen, sich selbst aber in Ordnung zu sehen. Sie war dort aufgewachsen, kannte all die Spielchen, bei denen man richtete und selbst gerichtet wurde. Alles wurde registriert, festgehalten und von Ohr zu Ohr weitertransportiert. Nicht einmal einer Katze wäre es möglich gewesen, sich unbemerkt in das Dorf einzuschleichen.

Es war ihr klar, dass sie in den Augen mancher als Tatverdächtige galt. Wer weiß, vielleicht hat sie ihren Mann erschossen? Ist nicht laut Statistik der Mörder meist in der eigenen Umgebung zu finden? Konnte sie ihre Hände in Unschuld waschen? Viele Morde geschehen aus Eifersucht, Neid oder Gier und die Geschichte ist voll von Geschichten, in denen Frauen ihre Männer, Männer ihre Frauen, Brüder ihre Brüder und Kinder ihre Eltern umbrachten, manchmal sogar ohne ersichtlichen Grund. Auch im Dorf gab es immer wieder Streitigkeiten innerhalb von Familien, besonders dann, wenn es um ein Erbe ging. Oder, wie es in einem Nachbarort vor einigen Jahren geschah, dass ein Nachbar den anderen erschlug, nur weil er einen Baum hart an der Grundstücksgrenze fällte. Der Motive gab es ebenso viele wie der Möglichkeiten.

Susanne stand an einem entscheidenden Wendepunkt ihres Lebens. Ihr Mann war tot, ihre Eltern alt, in absehbarer Zeit würde sie allein auf sich gestellt sein. Ohne Kinder, ohne Familie. Zwei Alternativen taten sich auf: neu beginnen, nach neuen Möglichkeiten zu suchen oder in Lethargie und Zurückgezogenheit weiterzuwursteln. So entschlossen wie vor achtzehn Jahren, als sie sicher war, mit ihrem Sepp die Ehe schließen zu wollen, so unentschlossen war sie nun. Kann und darf ich mein Leben ändern, in dem ich hart an mir arbeite, meine Lebensgewohnheiten hinterfrage, einen neuen Sinn in meinem Leben suche? Oder ist mir die Entfaltung meiner Persönlichkeit durch die skrupellose Ermordung meines Mannes unmöglich, sodass ich in der Verzweiflung des Ist-Zustandes verharren muss?

Ihr Leben hatte sich geändert, ob sie es wollte oder nicht. Entscheidend aber war, dass sie begriff, nun selbst die Wahl zu haben. Aber je irreversibler eine Lebenswende erscheint, desto größer ist naturgemäß die Angst, möglicherweise falsche Entscheidungen zu treffen. Diese Angst ging ihr bis ins Mark.

9

Drei Tage lang tat sich nichts. Ebert und sein Team waren wieder nach Krems zurückgekehrt. Die weiße Papierwand in Raffls Büro blieb unberührt, es gab nichts, was die Mühe wert gewesen wäre, es aufzuschreiben. Raffl selbst forschte unermüdlich weiter. Löcherte fortwährend die Leute im Dorf mit seinen Fragen, ob ihnen denn wirklich nichts aufgefallen wäre draußen im großen Wald. Fremde Leute vielleicht, fremde Autos, irgendetwas, das dort nicht hingehörte. Hatte irgendjemand blöde Sprüche über den Oberförster, über seine Frau, über die Herrschaft geführt? Gar mit der Tat geprahlt? Doch wo er auch hinkam, wen er auch fragte, er stand vor einer Mauer des Schweigens. Insgeheim hatte er zwei Kandidaten, denen er den Mord zutraute. Der Christbaumdieb war ein harmloser Narr, ihn schloss er aus. Das Alibi des Wilderers jedoch schien ihm zu konstruiert, zu unglaubhaft. Dessen Zeitplan ließ sehr wohl den Schluss zu, dass er es gewesen sein könnte. Wie viel Zeit war notwendig, einen Mann zu töten und ihn zu verstecken? Auf einem Zettel, von dem Ebert und die anderen Krimineser nichts wussten, hatte er einen Organisationsplan festgehalten. So fuhr er mit seinem Privatauto von der Wohnung des Fernfahrers in den Wald und stoppte die Zeit. Zwanzig Minuten. Nahm an, dass der Mörder sich zuerst in der Nähe des Forsthauses aufhielt, auf eine günstige Gelegenheit hoffte, denn er konnte ja nicht wissen, ob und wann der Förster sonntags in den Wald gehen würde. Vielleicht hatte er ihn unter irgendeinem Vorwand angerufen, um ihn auf die Forststraße oberhalb des Nonnenlochs zu locken. Diese Möglichkeit war die wahrscheinlichste.

Schließlich konnte das Handy bis heute nicht gefunden werden. Wenn der Mörder schlau genug war, hatte er die SIM-Karte herausgenommen und getrennt vom Handy am selben Abend noch sicher entsorgt. Die Tat selbst war eine Angelegenheit von ein paar Minuten. Den Leichnam den Hang hinunterzuziehen, ihn mit aller Kraft hochzustemmen und in die Felsspalte zu werfen, würde seiner Schätzung nach ebenfalls an die zwanzig Minuten dauern. Dafür, heimzufahren, die blutige Kleidung zu verbrennen und mit der Freundin zum Grillfest ihres Bruders zu gehen, veranschlagte er nochmals fünfundvierzig Minuten. Summa summarum ergab sich dadurch ein Zeitfenster von eineinhalb Stunden. Diesem Aspekt würde man nachgehen und ihn hinterfragen müssen. In seinen kühnsten Träumen sah sich Raffl bereits der Lösung des Falles sehr, sehr nahe und er, Raffl, der kleine Dorfpolizist, würde zum Helden avancieren! Dreimal kehrte er zur Stätte des grausigen Verbrechens zurück, immer zur Tatzeit, schritt im flachen Abendlicht, welches fingerbreit über den Waldboden schlich, die Wege des Mörders ab. Suchte unter Moospolstern nach weiteren Beweisen, räumte abgebrochene Äste und Reisig weg, ließ keinen Stein auf dem anderen, doch was er auch drehte und wendete, es kam nichts zum Vorschein.

Am Mittwoch kam es zum Knalleffekt, er wurde in das Gutshaus gebeten. Der greise Graf, seit Jahren an den Rollstuhl gefesselt, vereinsamt und verstockt die Welt ringsum verfluchend, hatte nach ihm gerufen. Er kannte ihn, war vor drei Jahren schon einmal in dem großen Gebäude gewesen, als es galt, den Diebstahl einer wertvollen Statue auf der Gartenterrasse aufzuklären. Damals vernahm er auch den legendären Spruch, den jedermann im Dorfe kannte: Wenn er in der Früh die Augen aufschlage, hatte ihn bereits der erste seiner Angestellten betrogen!

»Setzen Sie sich«, begann der Graf mürrisch das Gespräch. »Möchten Sie etwas trinken, Tee, Kaffee oder einen Cognac vielleicht?«

Raffl verneinte. Als guter Sozialdemokrat hatte er nichts übrig für die Aristokratie, insbesondere für Leute, die auch jetzt noch, da Adelstitel längst abgeschafft waren, darauf beharrten, mit diesem angesprochen zu werden. Er gab sich nun seinerseits wortkarg, den Alten mit seinen eigenen Waffen schlagend. Doch diesem war nicht nach Konversation zumute, sodass er gleich zur Sache kam.

»Ich habe den Sepp sehr geschätzt, er war einer der wenigen, die loyal und ehrlich waren. Sein Tod, noch dazu auf diese verachtungswürdige Art, hat mich sehr erschüttert. Ich habe mich entschlossen, eine Belohnung von fünftausend Euro für die Ergreifung des Täters auszusetzen. Leiten Sie das an die zuständige Kriminalpolizei weiter, es wäre möglich, dass die Gier nach dem Gelde weiterführende Hinweise ans Licht bringt!«

Damit war Raffl entlassen. Das in die Jahre gekommene Hausmädchen führte ihn hinaus, wo er zuerst einmal kräftig nach Luft schnappte. Nicht allein der Belohnung wegen, sondern auch, um die abgestandene Luft der muffigen Gemäuer loszuwerden. Sofort ließ er sich mit Ebert verbinden, um ihm diese Neuigkeit mitzuteilen. Dieser zeigte sich gleichermaßen überrascht wie erfreut. »Das ist gut, Raffl, sehr gut sogar. Vielleicht gelingt uns jetzt der Durchbruch, ich werde sofort dem Präsidium vorschlagen, diesen Betrag zu verdoppeln!«

Zwei Tage später wurde allen Haushalten im Umkreis von zehn Kilometern ein Flugblatt mit der Bitte um Hinweise zur Klärung des Mordfalles und der Aussicht auf die Belohnung per Post zugestellt. Wie zu erwarten, war im Dorf nun die Hölle los. Raffl kannte seine Pappenheimer, wusste um die Wirkung des Geldes Bescheid. Was er aber weder ahnen konnte, noch zu erhoffen wagte, war der Teufelskreis, der sich nun in alle Richtungen drehte. Kaum waren die Diskussionen angeworfen, wurden die ersten Verdächtigungen, Mutmaßungen und gegenseitigen Beschuldigungen geäußert. Die Aussicht auf die Belohnung ließ Müde wieder munter werden. Der gedämpfte Gleichmut, der sonst über dem Dorf lastete wie ein schwerer Wintermantel, war mit einem Male verflogen. Alte, längst verheilt geglaubte Wunden rissen von Neuem auf, das Dorf versank in einem Strudel von Verleumdungen und Verdächtigungen.

Ebert und seine Kollegen hatten sich in Raffls Büro wiederum häuslich niedergelassen. Bereits am nächsten Tag lag ein anonymer Brief im Briefkasten. Ebert, der ansonsten nicht auf anonyme Beschuldigungen einging, las ihn laut vor. »Der Wirt hat nicht nur die Waffen, die in seinem Waffenschrank ordnungsgemäß verschlossen sind, sondern auch eine Schrotflinte in seinem Schuppen hinter dem Haus versteckt.«

Raffl stellte den Wirt zur Rede. Dieser wurde bleich und schlug sich mit der Hand gegen die Stirn. »Was bin ich doch für ein Trottel, dass ich auf diese alte Flinte, die ich von meinem Onkel geerbt habe und die absolut nichts taugt, vergessen habe.« Bereitwillig führte er Raffl in den Schuppen, wo dieser verrostete Schießprügel offen an einem Haken an der Wand hing. »Sieh doch selbst, dass diese Waffe zu nichts mehr zu gebrauchen ist, mit der ist seit Jahren nichts mehr geschossen worden!«

Raffl wurde wütend. »Das ist noch lange kein Grund, sie

nicht zu melden. Aber eines ist klar, diese Waffe kann es wirklich nicht gewesen sein, dass sehe sogar ich, ohne der Ballistik vorgreifen zu wollen! Doch du verstehst, dass ich sie konfiszieren muss!«

Der Wirt nickte nur müde. Raffl übergab Ebert die Flinte, der zum selben Schluss kam. Ordnungshalber beauftragte er einen Kollegen, die Waffe sofort zur ballistischen Untersuchung zu bringen. Kaum war die Sache mit der Waffe geklärt, läutete das Telefon. Der Lautsprecher war eingeschaltet, alle konnten mithören. »Ich habe einen Hinweis, der unter Umständen sehr wichtig ist, doch ich möchte nicht erkannt werden. Kann ich mich in der Nacht mit dem Herrn Kommissar irgendwo treffen, wo uns keiner sieht?« Raffl reichte Ebert den Hörer. »Ja selbstverständlich, was schlagen Sie vor? Wo und wann soll ich Sie treffen?«

Die Stimme des anonymen Anrufers, die verstellt wirkte, kam postwendend. »Ein Kilometer nördlich des Dorfes steht an einem Feldweg ein altes Wetterkreuz zwischen zwei Linden. Um zehn Uhr nachts könnten wir uns dort treffen!« Ebert willigte ein, wollte noch etwas fragen, doch die Leitung war tot. Er sprang von seinem Drehstuhl auf. »Raffl komm her, wir fahren dorthin, zeig mir das Wetterkreuz, dass ich mir ein Bild von der Situation machen kann. Nimm dein Auto, damit es nicht so auffällig ist, wir müssen uns damit abfinden, dass wir ab nun Tag und Nacht unter Beobachtung sind!« Raffl brachte Ebert zur besagten Stelle. Sie stiegen beide aus, gingen rund um das Kreuz herum, inspizierten die Gegend. »Denkst du an einen Hinterhalt?«, wollte Raffl wissen. »Nein, nein«, entgegnete der andere, »ich denke, dass er es ehrlich meint, aber aus irgendeinem Grund an Verschwiegenheitspflicht gebunden ist. Das könnte erklären, warum er sich nicht öffentlich zeigen will. Ich werde einfach vor dem Schlafengehen einen Spaziergang machen und mich hier auf der Bank niederlassen, das ist doch unverdächtig, oder? Wir treffen uns dann alle wieder morgen um acht auf dem Revier, dann werde ich euch berichten, was ich erfahren habe!«

Punkt acht erschien Ebert, der sich beim Kirchenwirt ein Zimmer genommen hatte, auf dem Revier. Alle Anwesenden warteten gespannt auf seine Erklärung. Er aber lächelte vorerst nur, nahm aufreizend langsam auf dem Drehstuhl Platz und richtete das Wort an Raffl. »Ist dir der Name Heinrich Schöberl bekannt?«

»Natürlich«, erwiderte Raffl, »das ist ein Versicherungsvertreter, der in der neuen Siedlung wohnt! Was ist mit ihm?«

»Du kennst doch die Susanne gut. Hast du gewusst, dass ihr Mann sechs Monate vor seinem Tod eine Lebensversicherung abgeschlossen hat?«

Raffl stand wie vom Donner gerührt. »Du glaubst doch nicht etwa, dass sie ihn umgebracht hat? Nein, das kann und will ich nicht glauben, dazu kenn ich sie zu gut.« Er stutze, da er sich nicht sicher war, wie gut er sie wirklich kannte. Konnte man in einen Menschen hineinsehen, wissen, was in ihm vorging? Aus Erfahrung wusste er, dass dies aber ein sehr, sehr starkes Motiv war. Ebert ergriff die Initiative. »Komm mit, wir werden der feinen Dame einmal einen längst fälligen Besuch abstatten. Aber sei schön still, wenn ich eine schärfere Gangart einschlage, wir müssen sie ein klein bisschen in die Ecke drängen, trauernde Witwe hin oder her!«

Susanne fiel aus allen Wolken, als sie von der Lebensversicherung erfuhr. Sie hätte nichts davon gewusst, erklärte sie unter Tränen, nie habe er ihr davon erzählt. Sie tat Raffl leid.

Impulsiv wie er war, wollte er sie beschützen, doch er sah ein, dass er neutral zu sein hatte. Stumm und bewegungslos saß er auf der Bettbank, konnte weder ihr noch Ebert ins Auge schauen. Am liebsten wäre es ihm gewesen, Ebert hätte ihn nicht mitgenommen.

Ebert glaubte ihr nicht und versuchte auch nicht, dies zu verbergen. »Ihr Mann schließt eine Lebensversicherung ab, bei der Sie die Begünstigte sind, und Sie wissen nichts davon? Das können Sie einem anderen erzählen, aber nicht mir! Wo ist die Polizze?«

»Ich weiß es nicht, so glauben Sie mir doch, ich hatte keine Ahnung davon, wirklich nicht!« Nun konnte sie ihre Tränen nicht mehr zurückhalten. Die Hände vors Gesicht geschlagen, saß sie einem Häufchen Elend gleich dort. Raffl stand auf, wollte ihr helfen, konnte ihre Pein nicht mehr ertragen. Ebert wies ihn barsch zurück. »Nur keine Emotionen bitte, Herr Kollege, die sind absolut fehl am Platz, schließlich und endlich ermitteln wir in einem Mordfall!«

Er ließ Susanne nicht zur Ruhe kommen, drangsalierte sie weiter mit seinen Fragen. »Hoffentlich wissen Sie wenigstens, wo ihr Mann seine Dokumente aufbewahrte, so blauäugig kann doch keine Frau sein, dass sie ihrem Mann blind vertraut!« Ebert sprach aus eigener Erfahrung, hatte zwei Scheidungen hinter sich, die ihn zum Zyniker werden ließen. Mitleidlos fuhr er mit dem Verhör fort. »Wo sind die Dokumente?« Seine Stimme überschlug sich förmlich, in diesem Augenblick, der die alles entscheidende Wende bringen konnte.

Susanne, das schöne Gesicht sinnentleert, stand auf und ging zu einem Bild an der Wand, einem Jagdmotiv. Nahm das Bild herunter, stellte es ab. Ein kleiner Wandtresor wurde sichtbar. »Wo ist der Schlüssel«, herrschte sie Ebert an.

Sie zuckte zusammen und ging zum Schreibtisch. Öffnete die oberste Lade, kramte drinnen herum, fuhr herum. »Der Schlüssel ist nicht da«, antwortete sie tonlos, die Worte nur hingehaucht in panischer Angst. Wie versteinert sank sie auf das Sofa und schluchzte. Ebert sprang wütend zum Schreibtisch, riss eine Lade nach der anderen heraus und drehte sie um. Dann wühlte er in dem Wirrwarr am Boden herum, doch er fand keinen Schlüssel. Wild entschlossen fischte er das Funkgerät aus seiner Halterung. »Walter«, bellte er hinein, »nimm den Werkzeugkoffer und fahr zum Forsthaus. Wir haben da ein kleines Problem mit einem Tresor ohne Zahlenrad, mit einem einfachen Schloss, das sollte für dich kein Problem sein!«

Das Schloss war kein Problem. In Sekundenschnelle hatte es Walter geöffnet. Ein Stapel Papiere kam zum Vorschein und seltsamerweise eine Pistole. Walter breitete alle Fundstücke auf dem Schreibtisch aus. Ebert studierte alles, was ans Licht kam. Auch die Lebensversicherungspolizze war da, mit einer Versicherungssumme von satten 25.000 Euro. Ebert, einer vom alten Schlag, der aus alter Gewohnheit immer noch in Schilling dachte, rechnete überschlagsmäßig um, es waren immerhin ca. 340.000 Schilling, damit ließe sich schon was anfangen. Er schnalzte mit der Zunge und wandte sich der Försterswitwe zu, die fassungslos die Aktion wie in Trance miterlebte, gerade so, als wäre sie im falschen Film. »Wenn das kein Motiv ist, was soll es dann sein? Und von der Pistole haben Sie natürlich auch nichts gewusst, oder?« Ebert drückte Raffl die Polizze in die Hand. Schwarz auf weiß stand zu lesen, dass die Versicherung auf zwanzig Jahre abgeschlossen wurde, die garantierte Hinterbliebenenvorsorge bei sofortigem Ableben noch immer an die 13.000 Euro betrug. Damit könnte man eine schöne Weltreise unternehmen, ein neues Auto kaufen oder eine Menge anderer schöner Dinge. Sollte er sich in Susanne getäuscht haben? »Aber«, so meldete er seine Zweifel an, » wenn Susanne als Mörderin überführt wird, dann bekommt sie doch überhaupt nichts!«

Ebert konterte. »Mein lieber Freund, hast du schon einmal von einem Auftragsmord gehört? Das passiert doch beinahe tagtäglich irgendwo auf dem Erdball. Die Frau gibt ihrem Freund den Auftrag, ihren Alten um die Ecke zu bringen und dann machen sie halbe-halbe.«

Susanne verstand die Welt, die für sie nun endgültig zusammengebrochen war, nicht mehr. »Ich hab doch keinen Freund und schon gar keinen, der um Geld morden würde. Sie glauben mir ja doch nicht, was ich Ihnen sage. Aber es ist so, ich habe wirklich nichts von der Sache gewusst!« Sie hatte sich wieder gefasst, ging in der Bauernstube auf und ab. Jetzt erst fiel Ebert der Laptop auf, der in einer offenen Ablage lag. »Mein Gott«, rief er bestürzt, »was sind wir doch für Trotteln. Warum haben wir den bei unserem ersten Besuch nicht entdeckt. Sofort mitnehmen und durchchecken, vielleicht finden wir darauf, wonach wir suchen! Haben Sie auch einen Laptop?« Sie nickte nur, ging ohne ein weiteres Wort zu verlieren in ihr Arbeitszimmer und holte ihr Gerät. »Ich brauch ihn doch für die Schule«, erklärte sie Ebert. Walter nahm beide Geräte mit sich und verschwand. Doch Ebert hatte immer noch nicht genug und löcherte Susanne nun mit peinlichen Fragen.

»Wie gut würden Sie Ihre Ehe benoten, Frau Oberlehrer?«, höhnte er. Sie zuckte mit den Achseln, wollte diese triviale Frage nicht beantworten. Doch er bestand auf eine Antwort. Susanne sah, dass jeder Widerstand zwecklos wäre. »Die ersten fünf Jahre mit sehr gut, die letzten dreizehn Jahre mit zwei bis drei, genügt Ihnen das?«

»Wie oft schliefen Sie noch miteinander, welche gemeinsamen Interessen hatten Sie, wie verbrachten Sie Ihre gemeinsame Freizeit, Ihre Urlaube, mit welchen Freunden verkehrten Sie, wie war Ihr Verhältnis zu seiner Verwandtschaft, wie sein Verhältnis zu Ihrer? Hat er Sie jemals geschlagen, mit einer Waffe bedroht? Haben Sie ihn jemals betrogen, hatte er vielleicht eine Geliebte? Die Schonzeit ist nun vorbei, meine Liebe, jetzt ist es blutiger Ernst, Sie sind für mich die Hauptverdächtige!« Ebert war in seinem Element, quälte sie schonungslos.

Susanne wusste weder ein noch aus. Nie zuvor in ihrem Leben war sie mit solch einem Problem konfrontiert worden. Weder in der gut behüteten Kindheit noch in der Schule oder beim Studium und schon gar nicht in ihrem Beruf, dort, wo sie die Fragen stellte. Einen kurzen Moment lang war sie versucht, ihr Geheimnis von dem verschwundenen Geld und den Unterlagen über eine Einwanderung nach Kanada preiszugeben. Doch irgendetwas hinderte sie daran. Sie konnte es sich später selbst nicht erklären, ob es die schroffe Art des Kommissars oder nur Vorsicht war. Denn es war ihr klar, dass diese Umstände sie noch mehr belasteten, also schwieg sie. Sie rechnete fix damit, in Gewahrsam genommen zu werden, doch aus irgendeinem Grunde beschloss Ebert, das Spiel noch weiter zu spielen.

Er stand auf und seufzte. »Wir lassen es für heute einmal gut sein. Bitte händigen Sie mir Ihren Pass aus.« Susanne holte diesen aus ihrem Arbeitszimmer und überreichte ihn Ebert wortlos.

»Ich möchte Sie bitten, den Ort nicht zu verlassen und sich weiterhin zu unserer Verfügung zu halten, die Angelegenheit ist noch lange nicht ausgestanden! Nun können Sie Ihre Schreibtischladen wieder einräumen.«

Raffl war fix und fertig. Erstmals in seiner Polizeikarriere erlebte er hautnah eine erbarmungslose Mordermittlung. Susanne tat ihm leid, er mochte sie, doch er konnte auch Ebert verstehen, dessen Pflicht es war, jedem Hinweis nach einem Tatmotiv nachzugehen. Und Sepps Lebensversicherung ließ auch ihn an Susannes Unschuld zweifeln. Stumm, ohne ein Wort des Abschieds eilte er mit dem Kollegen hinaus ins Freie.

10

Am nächsten Tag hatte Raffl dienstfrei. Er hatte aber nicht nur dienstfrei, sondern auch ein schlechtes Gewissen Susanne gegenüber. Obwohl er wusste, dass er gegen Eberts Anweisungen handelte, rief er sie an. Entschuldigte sich für den groben Vernehmungston des Kriminalkommissars. Susanne war wieder gefasst und wechselte das Thema.

»Roland, kann ich mit dir unter vier Augen sprechen, an einem neutralen Ort. Ich habe euch etwas verschwiegen, weil ich mir nicht sicher war, wie ich dabei vorgehen soll. Du kennst doch die alte Holzhackerhütte am Waldteich, komm bitte um sechs Uhr abends dorthin!« Bevor er noch antworten konnte, hatte sie schon aufgelegt. Tagsüber war er ruhelos, machte sich Gedanken, was sie ihm Geheimnisvolles beichten würde. Er konnte sich nach wie vor nicht vorstellen, dass sie die Tat begangen hatte, doch was könnte sie sonst am Herzen haben? Hatte sie etwa einen Verdacht, hatte sie selbst Detektiv gespielt oder hatte sie am Ende gar Beweismittel unterschlagen? Oder war sie ihrem weiblichen Instinkt gefolgt und hatte in Bezug auf ihren Mann eine Entdeckung gemacht, die zum Täter führen könnte?

Der Tag wollte und wollte nicht vergehen. Raffl reinigte seinen Fiat gründlich von oben bis unten, nur um die Zeit totzuschlagen. Um fünf Uhr eilte er in den Wald und rekonstruierte zum wiederholten Male den Tathergang. Er konnte sich beim besten Willen nicht vorstellen, wie es die zarte Susanne geschafft haben sollte, ihren hundert Kilo schweren Ehemann zur Felsspalte zu schleppen und in diese hineinzuwerfen. Die Idee, dass ihr jemand dabei geholfen hatte, schoss ihm in den

Kopf. Wer aber könnte es gewesen sein? Bei dem Gedanken an einen Liebhaber wurde ihm regelrecht schlecht. Hatte sie die Tat nicht allein verübt? Das durfte, nein, das konnte nicht sein!

Raffl ordnete seine Gedanken neu, strich das soeben entworfene Konstrukt aus seinem Gedächtnisprotokoll und machte sich auf den Weg zur Holzhackerhütte. Diese stand auf dem Damm des kleinen Teiches und war seit Jahren nicht mehr in Gebrauch. Als Kinder waren sie sehr oft hierher schwimmen gegangen, obwohl dies verboten war. Als er ankam, sah er den Hund im hohen Gras herumtollen. Susanne war in der Hütte, wartete auf ihn. Ein kleiner Tisch stand drinnen, grob zusammengezimmert, flankiert von zwei Bänken. Im Halbdunkel sah er einige Papiere darauf ausgebreitet. Susanne sah kurz auf und schenkte ihm ein gequältes Lächeln. Eine schlaflose Nacht des Grübelns und des heftigen Ringens mit ihren Gewissen lag hinter ihr.

»Setz dich, Roland, und danke, dass du gekommen bist. Ich bin in der Zwickmühle und brauche den Rat eines Freundes, und du bist doch mein Freund, oder?« Raffls Gesicht lief rot an. Er war gespannt wie eine Feder, konnte es kaum erwarten, dass sie ihm ihr Geheimnis anvertraute. Sie bemerkte seine Unsicherheit und spannte ihn nicht länger auf die Folter.

»Ich habe euch wichtige Beweise vorenthalten und befürchte, dass mich diese noch mehr belasten. Ich schwöre hoch und heilig, dass ich von alldem nichts gewusst habe, und ich bitte dich, mir zu glauben!« Ein halbe Stunde beichtete sie in dem Bewusstsein, keine Lossprechung erwarten zu dürfen. Zeigte ihm das Sparbuch mit der Abhebung, die Prospekte über die Einwanderung nach Kanada. Legte ihm die Kinokarten vor, die das Unerklärbare erklärbar machten. Dass er eine heimliche Freundin hatte, eine Geliebte und den Gedanken, alles liegen und stehen zu lassen und in Übersee ein neues Leben mit ihr zu beginnen. Dort gab es Wald genug und tüchtige Forstleute wurden in der ganzen Welt gesucht. Raffl schlug die Hände zusammen. Nichts dergleichen hatte er erwartet, nun war er verunsichert. Seine Nähe zu Susanne machte alles noch schlimmer und brachte ihn fast um den Verstand. Er war doch nur ein kleiner Dorfpolizist, der Strafzettel schrieb, Führerscheine einzog und als absoluten Höhepunkt einmal bei einer Schlägerei oder einem harmlosen Eigentumsdelikt eingriff, in diesem Falle aber war er schlichtweg überfordert. In seiner Verzweiflung stand er auf, ging ruhelos in der Hütte hin und her. Vor und zurück. Vor und zurück. Schweißperlen standen auf seiner Stirn und sein Atem wurde schneller. Man konnte förmlich spüren, wie sich die Rädchen in seinem überstrapazierten Gehirn drehten.

»Horch zu, Susanne«, presste er heraus, »du hast dich und jetzt auch mich in eine Sackgasse manövriert, aus der nur schwer herauszukommen ist. Natürlich werde ich dir helfen, auch wenn mich das Kopf und Kragen kostet. Dieses Gespräch hier hat nie stattgefunden und ich habe diese unterschlagenen Beweismittel nie zuvor gesehen, ich werde das abstreiten bis zum Sanktnimmerleinstag, das muss dir klar sein!« Susanne nickte zustimmend. »Du wartest jetzt noch mindestens zwei Tage. Morgen habe ich wieder Dienst, da erfahre ich, ob es Neuigkeiten gibt. Dann ruf ich dich wieder an. Fahr du mit deinen Recherchen fort, es wäre hilfreich, wenn du die Sekretärin von der Forstkanzlei und die Gattinnen des anderen Försters und des Forstadjunkts unverbindlich zu einem Kaffee einlädst. Erzähl ihnen nichts von deinen Vermutungen bezüglich der Untreue deines Mannes, lass sie einmal warm werden. Unter Umständen erfährst du dann von irgendeiner Tratscherei, einem Gerücht, dass es irgendwann einmal innerhalb der Belegschaft gab. Lenke das Gespräch behutsam auf deinen tugendhaften Mann, auf die wundervolle Zeit mit ihm, auch wenn dir nicht danach ist. Es ist gut möglich, dass dieses Gespräch im ersten Moment nichts bringt. Doch wenn eine der Damen auch nur den geringsten Verdacht hat, wird sie ihn dir früher oder später anvertrauen. Du weißt doch, wie schwer es für eine Frau ist, so etwas für sich zu behalten, du kennst doch die weibliche Psyche!«

Susanne willigte ein, hielt diese Vorgangsweise ebenfalls für zielführend. Sie hauchte Raffl einen Kuss auf die Wange, der ihn wiederum erröten ließ wie einen Schuljungen, rief den Hund zu sich und verschwand im schwächer werdenden Abendlicht. Raffl verweilte noch einige Minuten tief in Gedanken versunken, das soeben Vernommene mühsam verarbeitend. Er wusste weder ein noch aus. Seltsamerweise wurde sein Gefühl für Susanne immer stärker, je tiefer er in den Strudel der Ereignisse hineingerissen wurde. Tief in seinem Inneren wuchs ein Gefühl der Sehnsucht mit dem Ziel, Susanne glücklich zu machen. Er nahm sich vor, ihr zu helfen, wo es nur ging. Ein innerer Zwang tat sich auf, neue Wege beschreiten zu müssen. Nicht allein. Mit ihr.

Um sieben Uhr früh löste Raffl seinen Kollegen vom Nachtdienst ab. Die ursprüngliche Arbeit der Polizei musste weitergehen. Doch Raffl schätzte die alltägliche Routinearbeit nicht sonderlich und war froh, mit den Kollegen der Kriminalpolizei zusammenarbeiten zu dürfen. Die Arbeit war interessant, auch wenn sie nur der Jagd nach Bruchstücken galt, nach dem allerkleinsten Hinweis, dem nachgegangen werden musste. Derzeit stockte der Fall um den Mord des Oberförsters. Die ballistische Untersuchung der alten Schrotflinte des Wirtes hatte wie erwartet ebenfalls kein Ergebnis gebracht, sie war schon jahrzehntelang nicht mehr abgefeuert worden. Raffl war nervös, da er Susannes Geheimnis teilen musste, obwohl er es nicht teilen wollte. Ebert, der erfahrene und psychologisch geschulte Kommissar traute ihm nicht, spürte instinktiv, dass ihm der Kollege etwas Wichtiges vorenthielt. Seine Nähe zur Försterswitwe machte ihn suspekt. Doch Raffl verbarg seine Unsicherheit geschickt hinter einer großen Portion Selbstsicherheit, polterte herum, warum denn gar nichts weiterginge. Just in diesem Augenblick der Starre kam es zu zwei scheinbar voneinander unabhängigen Zwischenfällen.

Der Wirt krachte ohne anzuklopfen in das Polizeirevier. »Kommt schnell, schaut euch die Sauerei an!« Bevor einer der Beamten reagieren konnte, war er auch schon wieder draußen bei der Tür. Raffl und Ebert eilten ihm nach. Vor dem Gasthaus angekommen, wussten sie im ersten Moment nicht, ob sie lachen oder weinen sollten. Auf die Stiege des Eingangs hatte jemand eine Schreibtruhe stinkenden Mists abgeladen. Auf dem Haufen war ein Zettel mit der Aufschrift »Mörder« zu sehen. Ebert befahl Raffl, die Kamera vom Revier zu holen, und hielt die Sauerei fest. Den Zettel aber nahm er mit, mit dem würde sich die Spurensicherung auseinandersetzen. Doch die Chance, an diesem schmutzstarrenden Stück Papier irgendetwas zu finden, war zweifelsohne gering. Ebert nahm die Daten auf, gab dem Wirt die Erlaubnis, die Stiege wieder zu reinigen. Auf eine Analyse des Mists wurde verzichtet. Mist ist Mist, so meinte Ebert, der gibt nichts her, was uns weiterhelfen könnte. Doch der Wirt war nicht zu beruhigen, schrie und tobte, dass es irgendjemanden im Dorf gab, der ihm den Mord in die Schuhe schieben wollte. Nun aber war auch Eberts Geduld zu Ende. Lautstark herrschte er den Wirt an, schleunigst den Scheißhaufen, wie er ihn nannte, wegzuräumen und sich zu mäßigen.

Kaum im Büro angekommen, wartete die nächste Überraschung auf die Ermittler. Susanne hatte aufgeregt angerufen, dass ihr Hund abgängig sei. Ebert stöhnte auf. »Auch das noch«, durchbrach er die Stille des Raumes, »sind denn jetzt alle verrückt geworden in diesem Scheißkaff!« Rasch brachen er und Raffl auf und fuhren zum Forsthaus. Dort erwartete sie bereits Susanne, die sichtlich mit ihren Nerven am Ende war. Wortlos zeigte sie Ebert die durchschnittene Leine. »Wie an jedem Tag, habe ich ihn hier an dem Pfahl angeleint, das war sein Platz, wo er immer gern in der Sonne lag. Vor einer Stunde war er noch hier, da habe ich ihm Wasser gebracht.«

Ebert wollte von ihr wissen, ob sie jemanden gesehen, irgendwelche Geräusche wahrgenommen hätte. Sie erklärte, dass sie im Schlafzimmer Staub gesaugt und nichts bemerkt hätte. Ebert und Raffl folgten ihr ins Schlafzimmer. Der Staubsauger lag noch dort, abgeschaltet zwar, aber noch an die Steckdose angeschlossen. Ebert ging zum Fenster, schob den Vorhang zur Seite und vergewisserte sich, dass von dort aus der Liegeplatz des Hundes nicht einsehbar war. Kopfschüttelnd drehte er um und rief Raffl zu sich. »Fahr auf der Forststraße zum Nonnenloch und halte die Augen offen, ich hab da einen leisen Verdacht.« Raffl wollte Ebert nicht mit Susanne allein lassen, kannte seine demütigenden Verhörmethoden. Ebert sah ihn scharf an. »Was ist, gibt es irgendwelche Bedenken?« Raffl schluckte kurz, entschied sich aber, den Mund zu halten. Stieg in den Wagen und brauste ab. Beim Nonnenloch angekommen, sah er von Weitem den Hund auf dem Weg liegen. Er war tot, mausetot. Spuren von Schleim waren auf seinen Lefzen zu sehen, er war offensichtlich vergiftet worden. An den tiefen Kratzern im Waldesboden konnte man erahnen, wie verzweifelt der Hund in seiner Todesangst versucht hatte, wieder und wieder auf die Beine zu kommen. Raffl stand daneben, sprachlos, zu keiner Regung fähig ob dieses grausamen Akts. Wer konnte so etwas nur tun? Wie abgestumpft musste der sein, der einem treuen Tier so etwas antat? Hatte auch hier der Mörder zugeschlagen? Wenn nicht er, wer könnte es sonst sein? Raffl rief Ebert an, berichtete ihm von der verabscheuungswürdigen Tat. Ebert bat ihn, beim Hund zu warten, er würde in ein paar Minuten hier sein.

Eine Viertelstunde später näherte sich Susannes Wagen. Ebert saß am Steuer, die bleiche Försterswitwe am Nebensitz. Susanne wollte sich in ihrer Verzweiflung auf den Hund stürzen, doch Raffl hielt sie zurück. Ebert holte ein Glas und eine Taschenlampe aus dem Wagen der Kripo, zog Gummihandschuhe an, strich den Schaum vom Mund des Hundes ab und verstaute ihn im Glas. Er würde im Labor auf toxische Substanzen untersucht werden. Ebert fotografierte den toten Hund von allen Seiten, dann drehte er ihn brutal um. Susanne schluchzte lautlos in sich hinein. Ebert, nicht unbedingt ein taktvoller Mensch, richtete das Wort an sie. »Was sollen wir mit dem Kadaver tun?« Beim Wort Kadaver stöhnte Susanne laut auf, wollte Ebert heftig über das gemeine Maul fahren, besann sich dann jedoch eines Besseren. Also bat sie leise, den Hund vor dem Forsthaus begraben zu dürfen. Ohne jeglichen Kommentar lud Ebert den Hund in den Kombi. Ihm war es egal, doch Raffl bot sich an, das Grab auszuheben. Eberts Miene deutete an, dass er für solcherlei Gefühlsduselei nichts übrig hatte. Rasch stieg er in den Dienstwagen und gab Gas, dass Kies und Schotter der Forststraße nur so aufstoben. Raffl und Susanne fuhren zum Forsthaus zurück, wo Susanne einen Spaten und eine Schaufel aus dem Schuppen holte und gemeinsam mit Raffl den Hund begrub.

11

Susanne brachte Raffl ins Dorf zurück. Nur widerwillig betrat dieser das Polizeirevier, sein Polizeirevier, in dem er offenbar nichts mehr zu sagen hatte. Ebert nahm ihn zur Seite und zischte ihm leise ins Ohr: »Nur keine Gefühle zeigen, werter Herr Kollege, die kannst du dir für daheim aufsparen!«

Ebert ging zur Papierwand, ergänzte sie um eine weitere Eintragung und klatschte in die Hände: »Meine Herren, ich bitte um Aufmerksamkeit. Wir werden nun den Stand der Ermittlungen rekonstruieren. Ich beginne von vorne. Am Abend des vorletzten Sonntags kam der Förster nicht nach Hause. Am Montag gegen sieben Uhr erfolgte die Vermisstenanzeige durch seine Frau. Am selben Tag noch wurde ein Suchtrupp zusammengestellt, Ergebnis null. Detto am Dienstag, doch am Mittwoch wurde dann die Leiche entdeckt und wir begannen mit der Ermittlung. Die Tatwaffe war eine Schrotflinte, mit an hoher Wahrscheinlichkeit grenzender Sicherheit eine Rottweil BDF 770 mit dem Kaliber 12/76. Diese hochwertige, im oberen Preissegment angesiedelte Doppelbockflinte ist bei Jägern wegen ihrer Qualität begehrt. Auch bei der Munition ging der Täter keine Kompromisse ein und verwendete eine Hochleistungspatrone der Type Rottweil Ultimate Magnum 12/76. Dass diese als umweltverträglich gilt, mag für das Opfer ein schwacher Trost sein. Die Wahl der Waffe, noch mehr aber die der Munition, beweist uns, dass wir es mit einem vorsätzlichen Mord zu tun haben. Falls die Waffe nicht gestohlen wurde, dann haben wir es mit einem Jäger zu tun, der sich sein Hobby was kosten lässt und voraussichtlich weltweit auf die Jagd geht. Wir werden überprüfen, welcher Jäger im

Umkreis von 50 km Besitzer solch einer Waffe ist. Weder der Oberförster noch seine beiden Kollegen haben diese Art legal in ihrem Waffenschrank. Ob in letzter Zeit der Diebstahl solch eines Gewehres gemeldet wurde, wird noch überprüft.

Es gab von Anfang an zwei Verdächtige, beide konnten ein Alibi vorweisen. Keiner der beiden hat eine Schrotflinte, keiner einen Jagdschein. Bessere Ergebnisse zeigten sich erst nach der Aussetzung der Ergreiferprämie. Wir erhielten zwei Hinweise, einen davon anonym, eben die harmlose Geschichte mit der alten Schrotflinte des Wirtes. Der zweite Hinweis aber hatte es in sich, nämlich die Lebensversicherung des Försters. Für mich ist die Dame noch lange nicht aus dem Schneider, auch wenn der Kollege Raffl anderer Ansicht ist. Sie hat zwar ebenfalls keinen Jagdschein und gibt an, von Waffen nichts zu verstehen, aber was sagt das schon, zum Abdrücken gehört nicht viel. Der heutige Tag aber könnte den Wendepunkt bedeuten. Irgendwer im Dorf wird nervös. Zum einen haben wir den Mist auf der Stiege des Wirtshauses, zum anderen die vorsätzliche Tötung des Försterhundes. Es gibt zwei Möglichkeiten. Entweder will der Täter den Verdacht auf einen anderen lenken oder irgendein wahnsinniger Trittbrettfahrer treibt ein boshaftes Spiel mit uns und spielt sich als gnadenloser Rächer auf. In Absprache mit der Staatsanwaltschaft habe ich beschlossen, in drei Tagen eine Pressekonferenz mit großem Tam-Tam abzuhalten, vielleicht gelingt es uns, den Täter aus seiner Deckung zu treiben. Wir werden das Tempo und damit auch den Druck auf den Mörder erhöhen und ein paar Informationen durchsickern lassen.«

Zwei neue Briefe trafen ein, beide anonym. Ebert schrieb diesen Umstand der Gesellschaftsordnung im Dorfe zu. Da jeder jeden kannte, jeder über jeden alles wusste, getraute sich keiner, aus der Anonymität zu treten. Tratsch und Gerüchte zu verbreiten war die eine Seite der Medaille, jemanden öffentlich einer Tat zu bezichtigen und zu seiner Aussage auch zu stehen, die andere. Raffl war vertraut mit diesem Ränkespiel. Oft genug hatte er erleben müssen, dass sich einer der Dorfbewohner von einem anderen bedroht fühlte, eine Anzeige aus Angst vor weiteren Repressalien jedoch unterließ und damit weiterhin angreifbar blieb. Die Zwangsvorstellung, auf engstem Raume zusammenleben zu müssen, wirkte lähmend auf die Zivilcourage der Betroffenen. Sich aus dem Weg zu gehen, schien zwecklos in der Enge des Dorfes. Der Augen und Ohren gab es viele und damit auch der Wahrnehmungen, doch das Gehörte und Gesehene öffentlich zu brandmarken, erforderte Mut und diesen gibt es bekanntlich nicht zu kaufen. Vieles wurde unter den Teppich der Gleichgültigkeit gekehrt, anstatt offen zutage zu treten. Jene aber, die sich keinen Deut um die öffentliche Meinung scherten, wurden an den Rand der dörflichen Gesellschaft gedrängt, als Quertreiber abqualifiziert und in die Kategorie »Störenfried« eingereiht. Raffl selbst hatte in seinem ersten Lehrjahr als Ordnungshüter am eigenen Leibe verspürt, was es bedeutete, dem Bürgermeister den Führerschein abzuknöpfen, auch wenn dieser in seinem Rausch zick-zack durch das Dorf steuerte. Derartiges schätzte man nicht im Ort, schon gar nicht, wenn es sich um anerkannte Autoritäten wie eben den Bürgermeister, den hochwürdigen Herrn Pfarrer, den Schuldirektor oder gar den allmächtigen Lagerhausverwalter handelte. Da hatte man einfach wegzusehen. Viele taten es.

Ebert hatte sich zu viel erhofft. Die phlegmatische Passivität der Dorfbewohner reizte ihn bis zum Gehtnichtmehr. Wahrscheinlich hätte es in einer größeren Stadt geklappt, wo der Schutz der Anonymität mehr Sicherheit versprach. Es war zwar gewiss, dass sich jedermann im Dorfe gern die Prämie verdient hätte, doch nicht um jeden Preis. Was nützte es schon, wenn man dem verhassten Nachbarn zwar eins auswischen konnte, dabei aber Gefahr lief, dass dieser dein Haus, deinen Hof anzündete? Solcherlei Racheakte hatte es schon gegeben, die Dorfchronik war voll davon. Dabei ging es aber nicht etwa um Kapitalverbrechen wie einen Mord, sondern es genügten harmlose Grenzstreitigkeiten, um Nachbarn über Generationen in Feindseligkeiten zu verstricken.

Ebert, ein alter Hase, der in seiner Laufbahn bei der Kripo schon Ärgeres erlebt hatte, setzte auf Zeit, hoffte auf den berühmten »Kommissar Zufall«. In mühseliger Kleinarbeit fügte er ein Puzzlestück an das andere. Seltsamerweise belasteten die zuletzt direkt in den Briefkasten des Polizeireviers eingeworfenen anonymen Schreiben wieder den Gastwirt. Sie waren beide in ungelenker Blockschrift geschrieben, einmal mit schwarzem, einmal mit blauem Kugelschreiber. Das Schriftbild schien im ersten Augenblick identisch zu sein. Auf dem ersten, klein karierten Zettel, der offensichtlich aus einem Schulheft herausgerissen worden war, stand zu lesen: »Der Wirt ist ein Schwein und lässt zu, dass in seiner Disco mit Ecstasy gehandelt wird.«

Ebert reichte Raffl den Zettel. »Stimmt das? Gab es jemals diesbezügliche Ermittlungen?«

Raffl verneinte. »Wir sind auch diesem Gerücht nachgegangen. Angeblich soll ab und zu um Mitternacht ein weißer Mercedes am Parkplatz gesichtet worden sein, der den Stoff brachte. Doch es konnte nichts gefunden werden. Es müsste in der Suchtgiftabteilung bei euch einen Akt darüber geben, das lässt sich nachprüfen!«

»Wir werden uns darum kümmern«, erwiderte Ebert und nahm den zweiten Schmähbrief in Augenschein. Der Inhalt desselben entpuppte sich als ausgesprochen mysteriös.

»Fragt doch den Wirt, was er jeden Freitag am Abend in der alten Kegelbude hinter dem Haus zu suchen hat, die schon lange nicht mehr in Betrieb ist!«

Zum zweiten Mal an diesem Tage wechselte Ebert die Gesichtsfarbe. Krachend landete seine Faust auf den Tisch. »Seid ihr in dem Kaff denn alle verrückt geworden, tragt ihr jetzt euren Frust auf dem Rücken der Kriminalpolizei aus? Eure kleinen schmutzigen Grabenkämpfe interessieren mich einen feuchten Dreck, einerseits spielt ihr das Stück von der ›heilen Welt am Lande‹, andererseits haut ihr euch gegenseitig das Hackl ins Kreuz«, schrie er laut in den Raum, den Blick auf den Dorfpolizisten gerichtet, der sich am liebsten in ein Mauseloch verkrochen hätte. Doch er war schuldlos an all dem Hass, der sich jahrzehntelang in der Dorfgemeinschaft aufgestaut hatte. Wo es Probleme gab, die nie gelöst, böse Worte, die nur gedacht, aber nie ausgesprochen, Streitigkeiten, welche nie geschlichtet worden waren. Wo man neidvoll den neuen Traktor des Nachbarn registrierte, der mehr PS hatte, mehr technischen Firlefanz als das eigene Gerät. Wo man Konflikte und Probleme verdrängte oder ihnen aus dem Weg ging, um des lieben Friedens willen. All dieses Elend tauchte nun, da die ländliche Idylle mit einem grausamen Mord konfrontiert wurde, aus der Tiefe verletzter Seelen an die Oberfläche. Raffl, der mit all diesen Gepflogenheiten leidvoll vertraut war, ahnte mit Schrecken, dass diese Briefe nur die Spitze des Eisbergs waren. Zu seinem Leidwesen sollte er recht behalten, denn der nächste Brief, der wieder ohne Absender eintraf, galt ihm und er war persönlich an Kommissar Ebert gerichtet. Eine Ader zuckte auf seiner Stirnglatze auf, bebte in immer schneller werdendem Rhythmus. Wortlos reichte er das kompromittierende Schreiben an Raffl weiter.

»Ich denk', wir werden jetzt einen kleinen Spaziergang in die frische Luft unternehmen, nur du und ich, und ich denk', du wirst mir einiges zu erzählen haben!« Rücksichtslos packte er Raffl am Arm und zerrte ihn aus dem Büro. Raffl riss sich los und folgte Ebert widerstandslos mit verstörtem Blick, den Kopf zu Boden gesenkt, die erstaunten Blicke der anderen auf seinem Rücken spürend. Instinktiv ahnte er, dass jede Entschuldigung zwecklos war. Ein Stein war ins Rollen gekommen und keine Macht der Welt konnte ihn stoppen. Er ging mit Ebert hinaus bis zur Bank vor der Mariensäule. Mit zittrigen Händen hielt er den bedeutungsschweren Brief in der Hand, der das Ende seiner Karriere, die Entlassung in Schimpf und Schande aus dem Polizeidienst bewirken konnte. Die Schrift war ihm unbekannt, doch das Geschriebene niederschmetternd.

Sehr geehrter Herr Kommissar,
ich denke, es wird Zeit, dass im Mordfall an unserem beliebten Förster endlich etwas weitergeht. Sie sollten wissen, welches erbärmliche Spiel unser Postenkommandant Raffl spielt. Fragen Sie ihn doch, aus welchem Grund er sich mit der Förstersfrau bei der Holzhackerhütte am Waldteich getroffen hat. Er verheimlicht etwas.

Ebert drückte Raffl auf die Bank nieder. »So, Herr Kollege, jetzt einmal heraus mit der Sprache, bevor ich die Geduld verliere. Ich hab dir doch hundertmal schon gesagt, dass mir deine Gefühle für Susanne schnuppe sind. Wenn du den Verlauf der Ermittlungen deshalb beeinträchtigst, dann Gnade dir Gott, dann bist du geliefert! Jetzt möchte ich alles hören, jedes kleine Detail und wehe, du verheimlichst mir was, dann fahr ich über dich drüber wie ein Steyr-Traktor, hast du mich verstanden?«

Raffl nickte müde, sah die vier apokalyptischen Reiter heranbrausen, fühlte den Weltuntergang nahen. Mit leiser Stimme beichtete er Ebert alle Informationen, die er Susannes wegen zurückgehalten hatte. Von den 30.000 Euro, die der Förster vom Sparbuch abgehoben hatte, von den zwei ominösen Kinokarten, von der Absicht des Opfers, mit einer anderen Frau in Kanada ein neues Leben zu beginnen. Je mehr er auspackte, desto wütender wurde Ebert. Raffl beteuerte inständig, dass er diese Beweise nur deshalb zurückgehalten hatte, um Susanne die Möglichkeit zu geben, die anderen Förstersfrauen auf Tratsch rund um ihren Mann hin auszuhorchen.

»Bist du jetzt fertig?«, wollte Ebert aufgebracht von Raffl wissen. Dieser nickte, einem Nervenzusammenbruch sehr nahe. Ohne dass er es wollte, begann er zu weinen. Ebert drückte ihm ein Papiertaschentuch in die Hand. »Wisch dich ab, braucht keiner zu wissen im Dorf, dass du Hals über Kopf in der Scheiße steckst! Jetzt lass mich einmal nachdenken, wie wir dich da wieder ohne viel Aufsehen herausziehen können!«

Ebert hatte sich wieder beruhigt. Gemeinsam entwarfen sie einen Schlachtplan zur Schadensbegrenzung. Wohl oder übel willigte Raffl ein, war Ebert dankbar, dass er auf diese Weise seine Haut retten konnte. Er würde in Krankenstand gehen, da er nervlich total fertig war. Außerdem musste er Ebert versprechen, ab sofort alle weiteren Nachforschungen zu unterlassen und den Kontakt zu Susanne abzubrechen. Raffl war damit einverstanden, musste damit einverstanden sein, falls er die letzten zehn, zwölf Jahre bis zu seiner Pensionierung nicht beim Werkschutz irgendeiner Industrieanlage weit weg von der Heimat dienen wollte. Ebert selbst meldete den verzweifelten Dorfpolizisten beim Polizeiarzt zu einer Untersuchung an. Er kannte ihn gut und überzeugte ihn, dass Raffl durch die Ermittlung im Dorf unter seinen Mitbürgern nervlich total am Ende sei. Der Polizeiarzt war mit solchen Umständen durchaus vertraut, da es genug Kollegen gab, die dem Druck der Öffentlichkeit nicht standhielten. Raffl verschanzte sich in seiner Wohnung vor dem Fernsehapparat und stopfte kiloweise Kartoffelchips in sich hinein, um seiner Verzweiflung Herr zu werden.

Noch am selben Tag aber fuhren Ebert und sein Kollege Walter zum Forsthaus, nahmen Susanne wegen Behinderung der Aufklärungsarbeit und Unterschlagung von Beweismitteln fest und brachten sie nach Krems zum Landesgericht. Die Fahrt durch das Dorf wurde zum Spießrutenlauf für Susanne. Die halbe Bevölkerung schien auf den Beinen zu sein, als ob sie Bescheid von der bevorstehenden Verhaftung wüsste.

Bei der Pressekonferenz am nächsten Tag ließ Ebert die Bombe platzen. Mit peinlicher Genauigkeit erzählte er der versammelten Schar von den unterschlagenen Beweismitteln, welche den Verdacht gegen die Försterswitwe erhärtet hätten. Er tat dies bewusst, obwohl er nun selbst nicht mehr daran glaubte, dass Susanne ihren Mann erschossen hatte. Doch er hoffte, mit diesem Stich ins Wespennest Bewegung in den Stand der Ermittlungen bringen zu können. Denn es war gut möglich, dass sich nun der wahre Täter aus seiner Deckung wagen und dabei Fehler machen würde.

Das Foto der vermeintlichen Mörderin zierte am nächsten Morgen die Titelseiten der Tageszeitungen. Die Berichte schlugen wie eine Bombe ein und die Tatsache, dass ihre Verhaftung sogar zwei Minuten Sendezeit im Fernsehen wert war, steigerte das Interesse der sensationsgierigen Öffentlichkeit enorm. Susanne war in aller Munde. Die Journalisten ergingen sich in müßigen Spekulationen, rätselten, ob sie den Mord selbst begangen, sich eines Helfers bedient hatte oder es sich gar um einen Auftragsmord handelte. Wer weiß, so spekulierte man, ob sie nicht selbst die 30.000 Euro abgehoben hatte, um den Auftrag bezahlen zu können. Wie viel war heutzutage ein Menschenleben wert? Allein die Vermutung, dass es sich um einen Auftragsmord handeln könnte, gab der Sache einen zusätzlichen, äußerst pikanten Anstrich und war ausgesprochen schlagzeilentauglich.

Nun war im Dorf die Hölle los. Innerhalb von drei Wochen gab es den nächsten Skandal, der genug Nährstoff für böswillige Verleumdungen lieferte und die biederen Dörfler aus ihrer Alltagslethargie weckte. Journalisten fielen ein, stellten unbequeme Fragen, horchten die Dorfbevölkerung zum Eheleben der Förstersleute aus. Interviewten den Bürgermeister, den Pfarrer, den Kirchenwirt und die Angestellten der Herrschaft. Fotografierten und filmten das Forsthaus, das Nonnenloch, die Dorfidylle, das Elternhaus Susannes mit allem Drumherum. Ihre hochbetagten Eltern hatten sich zurückgezogen, als man sie von der Verhaftung ihrer Tochter unterrichtete. Sie waren mit ihren Nerven am Ende und verweigerten den Medien aus verständlichen Gründen jeglichen Kommentar. Raffl verbarrikadierte sich gleichfalls in seinen vier Wänden, für niemanden erreichbar. Der Strudel der Ereignisse, in dem das Dorf nun versank, zeigte, dass kein tyrannisches Handeln einer fernen Obrigkeit in einer kleinen Gemeinschaft, die dem Anschein nach festgefügt erscheint, mehr Schaden anrichten kann, als ein Unglück im eigenen Kreis. Türen, die bislang aus jahrhundertelanger Tradition stets offen standen, wurden versperrt, Nachbarn, Bekannte und Freunde wurden argwöhnisch beobachtet, Misstrauen machte sich breit, sickerte ins Dorf ein wie ein böser Geist, befiel das Zusammenleben auf engstem Raum mit Verstörtheit, Angst und Schrecken. Susannes Verhaftung irritierte alle, die sie kannten, beschäftigte auch jene, die sie nicht kannten. Nie hätte ihr irgendwer so eine Tat zugetraut, dieser netten, intelligenten Person. Doch, so unkte man, wisse man doch nie, was in einem Menschen steckt! Vorurteile, die sich nicht widerlegen, Verdächtigungen, die sich nicht beweisen ließen, Verleumdungen, die weder Hand noch Fuß hatten, geisterten durch die begrenzte Gedankenwelt der Dorfbewohner. Plötzlich wollten alle schon gewusst haben, dass da droben im Försterhaus etwas faul sei! Sogar der Herr Pfarrer, ein Mensch, der doch eigentlich frei von Vorurteilen und Vorverurteilungen sein sollte, bemüßigte sich, in der Sonntagspredigt aus dem Matthäusevangelium zu zitieren, wo es da heißt: »Seht euch vor vor den falschen Propheten, die in Schafskleidern zu euch kommen, inwendig aber sind wie reißende Wölfe.« Freilich tat er dies, ohne explizit Namen zu nennen, doch für die aufmerksam lauschende Schar der Kirchgänger war klar, wer gemeint war. Ein leises Gemurmel war die Folge, ein Aneinanderstupsen von Knie zu Knie, eine Unmenge von Blicken, die von Bankreihe zu Bankreihe wanderten, um schlussendlich ganz hinten im Kirchenschiff anzukommen. Die moralische, unantastbare Integrität des Geistlichen ließ kaum Zweifel offen, dass er auch meinte, was er sagte.

Ebert selbst vernahm nun die Ehefrauen des anderen Försters und des Forstadjunkts. Jedoch nicht im Rahmen eines gemütlichen Kaffeekränzchens, wie es Susannes Absicht war, sondern getrennt und hintereinander am Polizeirevier. Die beiden Damen zeigten sich reserviert, gaben an, Sepp und Susanne eigentlich nie so gut gekannt zu haben, wie sie es gewünscht hätten. Man traf sich nur bei der obligaten Weihnachtsfeier der Herrschaft, bei Geburtstagsfeiern und am gemeinsamen Tisch der Forstverwaltung bei der Eröffnung des Feuerwehrfestes Anfang August. Manchmal kam man eher zufällig zusammen, im Gasthaus oder im kleinen Kaufhaus und natürlich sonntags nach der Messe, aber sonst pflegte Susanne keinerlei Freundschaften. Die Männer kamen berufsbedingt öfter zusammen, vor allem bei Dienstbesprechungen, Schulungen und Vorträgen über die Wald- und Forstwirtschaft, dienstlich halt. Die Aussagen der beiden waren ergebnislos, entweder hatten sie nichts zu sagen oder sie wollten es nicht. Es war schließlich die Sekretärin, deren Aussagen Ebert elektrisierten, die den Durchbruch bringen konnten. Diese, eine ältere Dame von unscheinbarem Äußeren, allein lebend und deshalb in Neidgenossenschaft zu den anderen drei stehend, hatte mehr zu sagen. Sie war das Urgestein der Forstverwaltung, seit vierzig Jahren der Herrschaft in Treue verbunden, eine untadelige Person, der die Ehrbarkeit ins Gesicht geschrieben stand.

Ebert, psychologisch geschult, kehrte seine liebenswürdigste Seite hervor: »Liebe Frau Weber, Sie sind doch das Um und Auf der Herrschaft, wissen mehr als jeder andere. Welchen Eindruck hatten Sie von dem Toten? Sie sind unsere größte Chance, der Lösung des Falles endlich ein Stück näher zu kommen!«

Die Sekretärin errötete. »Der Sepp leistete als Förster vorbildliche Arbeit, der Herr Forstdirektor war sehr zufrieden mit ihm, seine Exzellenz, der Herr Graf, ebenfalls. Seine Berichte waren tadellos, seine Abrechnungen und Statistiken genauso. Wie er privat war, entzieht sich leider meiner Kenntnis, aber ...« Nun stockte sie und es war ihr anzusehen, dass ihr noch etwas auf der Zunge lag, sie jedoch unsicher war, ob sie es sagen sollte und dürfte. Ebert spürte diese Unsicherheit und drängte nach.

»Aber? Sprechen Sie bitte weiter, spannen Sie mich nicht länger auf die Folter, wir sind unter uns. Nur Sie können uns weiterhelfen, Sie sind meine letzte Hoffnung!«

Sie errötete abermals, schluckte kurz, fasste sich ein Herz: »Vor zehn Jahren beschäftigten wir im Sommer zwei Monate lang eine Ferialpraktikantin aus der Bezirksstadt. Sie war achtzehn Jahre alt und hatte die fünfte und letzte Klasse der HAK vor sich. Sie war hübsch, schlank und machte dem Sepp schöne Augen. Zunächst dachte ich mir nichts dabei, doch dann fiel mir auf, dass der Förster immer mehr in der Kanzlei zu tun hatte.« Sie schwieg wieder, fuchtelte nervös mit der rotbraunen Handtasche herum, die auf ihrem jungfräulichen Schoß lag. Sie hatte ihre Hände nicht unter Kontrolle und ihre Augen wurden feucht, ohne dass sie es wahrnahm. Ebert kannte solcherart Verhaltensweisen zur Genüge, spürte intuitiv wie sie mit sich rang. Ließ sie nicht mehr aus den Klauen, wie ein Spürhund auf der richtigen Fährte.

»Jetzt reden'S doch endlich weiter, was war mit den beiden?«

»Das ist mir jetzt peinlich, ich war doch nie ein Mensch, der sich mit Klatsch und Tratsch beschäftigte, und ich weiß auch nicht wirklich, ob es da zwischen den beiden gefunkt hat. Er war doch schon vierunddreißig, hatte eine hübsche Frau und das junge Ding war doch um sechzehn Jahre jünger als er, vielleicht hab ich mir da nur was eingebildet.« Sie stockte wiederum, fasste sich aber und sprach weiter. »Eines Tages stellte ich die beiden auf die Probe. Sepp saß beim Schreibtisch und kontrollierte einen Stapel Holzabrechnungen. Das Mädchen ordnete die Post ein. Ich bat sie, in der Wildbretkammer nachzusehen, ob der Forstadjunkt dort wäre, da ich ihn etwas fragen musste. Ich wusste natürlich, dass er nicht dort war, sondern auf dem Holzlagerplatz. Sie stand auf und ging hinaus, nicht ohne dem Sepp zuvor einen Blick nachzuwerfen. Keine fünf Minuten später ging auch er hinaus. Durch das Fenster sah ich, wie er ihr nacheilte. Ich blickte auf die Uhr. Zwanzig Minuten später kam das Mädchen zurück, die Haare zerzaust, die Wangen gerötet. Wortlos nahm sie auf ihrem Schreibtisch Platz. Als ich von ihr wissen wollte, warum sie so lange gebraucht hatte, gab sie mir keine Antwort. Ein paar Minuten später hörte ich, wie der Sepp seinen Wagen startete und wegfuhr.«

»Wissen Sie noch, wie das Mädchen hieß, wo sie wohnte?«

»Natürlich weiß ich das, ich hab doch den ganzen Schreibkram gemacht und auch die Lohnverrechnung!«

Erstmals wurde Ebert ungeduldig, verschärfte die Gangart. »Bitte, liebe Frau, lassen Sie sich doch nicht die Würmer aus der Nase ziehen, sprechen Sie doch endlich weiter!«

Jetzt war es die Sekretärin, die patzig wurde. »Ich habe keine Würmer, schon gar nicht in meiner Nase!«

Ebert entschuldigte sich. Frau Weber schnäuzte sich ihre soeben beleidigte Nase, wischte sich verlegen die feuchten Augen trocken. »Mit ihrem Namen gab es ein Wortspiel, welches mir die ganze Zeit durch den Kopf geisterte. Ich heiß' doch Weber und sie hieß Leber und das reimte sich. Wenn ich mich über sie ärgern musste, dann schimpfte ich sie und sagte, dass nun wieder »die Leber über die Leber der Weber gelaufen ist«, und dann lachten wir beide und mein Unmut war wieder vorbei!«

Endlich war es so weit. Instinktiv erkannte Ebert, dass nun der letzte Stein des Puzzles gefunden war. Bereitwillig gab die Sekretärin Name und Adresse des Mädchens bekannt. Walter fütterte seinen Computer mit diesen Daten. Minuten später wurde man fündig und kam aus dem Staunen nicht mehr heraus. Karin Leber hatte einige Jahre später einen Heurigenwirt in der Nähe von Krems geheiratet, der den Kriminalbeamten wohlbekannt war. Ebert und Walter waren total aus dem Häuschen, waren sich sicher, den Durchbruch endlich geschafft zu haben. Der Wirt war Jäger, ein großer, starker Mann mit dem roten Gesicht des Weintrinkers, bekannt und seines Jähzorns wegen gefürchtet. Ebert und Walter besprachen die weitere Vorgehensweise. Sie kamen überein, dass es besser wäre, die Frau zuerst zu vernehmen, aber möglichst so, dass ihr Mann nichts davon erfuhr.

12

Nichts und niemand konnte Ebert aufhalten. Die Erfahrung hatte ihn gelehrt, den richtigen Augenblick abzuwarten. Dieser war nun gekommen. Er gab Walter einen Tag frei und fuhr in die Wachau, wo er zu Hause war. Wo das Tal zwar eng, die Menschen aber umso offener waren. Wo man bei einer guten Flasche Wein Geschäfte abschloss, den Herrgott einen netten Mann sein ließ und sich menschlich näher kam. Diese Mentalität war ihm sattsam bekannt und er liebte sie. Er fuhr zum Heurigen, um sich, wie er dachte, vorerst einmal inoffiziell ein Bild von der Lage zu machen. Der Zufall meinte es gut mit ihm. Der Mann war auf einer Jagdreise in den rumänischen Karpaten, doch das würde er erst später erfahren. Es war erst sechs Uhr abends, keine Menschenseele war in dem prachtvollen Gewölbe zu sehen. Die Wirtin stand allein in der Küche, mit dem Rücken zu ihm. Er grüßte nicht, trat einfach ein, ohne dazu gebeten zu werden, setzte auf den Überraschungseffekt. Sie vernahm seine Schritte, drehte sich um und schrak zusammen. Sie kannte ihn, wusste, dass er bei der Kriminalpolizei arbeitete.

»Mein Gott, Herr Ebert, jetzt haben Sie mich aber zu Tode erschrocken! Was führt Sie zu mir?«

Sie presste die Worte aus sich heraus, sichtlich bemüht, Haltung zu bewahren. Es stand ihr ins blasse Gesicht geschrieben, dass sie lange genug angstvoll auf diesen Moment gewartet hatte. Ebert rückte sich einen Stuhl zurecht, sah die Wirtin scharf an. Wortlos, genau wissend, was die Uhr geschlagen hatte, ging sie zur Eingangstür und sperrte ab. Blieb kurz stehen, die Hände vors Gesicht geschlagen, schwer atmend, mühsam nach Fassung ringend. Ebert ließ ihr die Zeit, die sie brauchte. Ihr Atem wurde flacher, sie ging zur Theke, holte zwei Gläser und wollte einschenken.

»Lassen'S nur, ich trinke nicht im Dienst und jetzt bin ich im Dienst, so leid mir das auch tut!«

»Es braucht Ihnen nicht leid zu tun, ich hab schon auf Sie gewartet, seit dem Moment, in dem ich in der Zeitung von Sepps Ermordung las!«

Er brauchte sie nicht aufzufordern. Ein Wortschwall entsprang ihr, der eine Stunde anhalten sollte. In einem Akt der Selbstbefreiung erleichterte sie ihr Gewissen, entblößte ihre verwundete Seele. Begann mit dem ersten Tag, als sie sich im Forstamt vorstellte. Damals, im ersten Moment des Kennenlernens, war sie Sepps herber Männlichkeit verfallen. Sie war im katholischen Elternhaus in ehrfurchtsgebietender Strenge erzogen worden. Durfte nicht in die Disco gehen, sich nicht mit jungen Burschen treffen. Ihre Eltern hielten sie unter dem Glassturz sittlicher Frömmigkeit in sicherer Verwahrung. Die meisten ihrer Schulfreundinnen hatten bereits sexuelle Erfahrungen gemacht, ihr von Dingen erzählt, die sie nur im Traum erleben durfte. Ihr Vater hatte ihr den Ferienjob bei der Herrschaft verschafft, hatte sie hergebracht, ihr ein billiges Privatquartier gesucht. Bis zu jenem Zeitpunkt war sie fremdbestimmt gewesen, dem Willen ihrer Eltern, insbesondere aber dem des Vaters unterworfen. Erstmals in ihrem Leben konnte sie nun dem verhassten Elternhaus entfliehen. Sie spielte weiterhin die Folgsame, trug sich aber mit Gedanken, bei denen sich die nur mehr spärlich vorhandenen Haare ihres Vaters sprichwörtlich aufgestellt hätten. Sie wollte endlich ihre Freiheit genießen, ihre sorgsam gehütete Jungfräulichkeit auf dem Altar der Liebe opfern.

Die Arbeit war nicht schwer. Die Sekretärin war in ihren Augen eine vertrocknete alte Jungfer, die damals jedoch gerade erst den Vierziger hinter sich hatte, in ihrer Kleidung und ihrem Getue aber einer Siebzigjährigen entsprochen hätte. Als sie dem Oberförster erstmals aufreizende Blicke schenkte, bemerkte sie, wie sie von Frau Weber argwöhnisch beobachtet wurde. Von Anfang an war ihr bewusst, dass eine Rivalität zwischen Jung und Alt bevorstand. Nicht nur der Sepp, sondern auch all die anderen männlichen Angestellten der Herrschaft spürten diese Veränderung im Betriebsklima, scherzten mit ihr, machten ihr Komplimente, erlaubten sich ab und zu Anspielungen. All dies geschah unter den misstrauischen Blicken der Sekretärin. Nach der ersten Woche legte sich die Aufregung, verlor sich in der Alltagsgegenwart der Büroarbeit. Ihr angeborener weiblicher Instinkt gebot ihr, die jugendliche Schwärmerei für den Oberförster zu unterlassen.

Doch eines Tages, als sie von Frau Weber in die Wildbretkammer geschickt wurde, schlich ihr Sepp nach. Ohne viel Federlesens, ohne ein Wort zu sagen, drückte er sie an die Wand und umarmte sie. Jedes gesprochene Wort wäre auch unnötig gewesen, denn ihr gefiel, was er tat. An die kühlen Fliesen der Wand gedrängt, verlor sie ihre Jungfräulichkeit. So fing es an. Der Sepp besorgte ihr ein Handy und sie trafen sich so oft sie konnten, ohne dass es auffiel. Sie war verliebt bis über beide Ohren, ohne sich dessen bewusst zu sein, worauf sie sich da eingelassen hatte. Natürlich war ihr bekannt, dass Sepp verheiratet war, aber ihr war es egal. Sechs Wochen dauerte die Glückseligkeit, die sie in einen Rausch versetzte. Am vorletzten Tag ihrer Arbeit trafen sie sich nochmals, liebten sich im Heu, schworen sich, einander nicht aus den Augen zu verlieren. Ihr Vater holte sie wieder ab, sie schloss die Handelsakademie mit Auszeichnung ab und ihr Vater (wer sonst!) verschaffte ihr dank seiner Beziehungen eine gute Stellung in einer Bank. Nach wie vor wohnte sie im Haus ihrer Eltern, noch immer unter Kontrolle.

Drei Jahre später lernte sie ihren Mann kennen. Wieder älter, wieder eine Vaterfigur, sie war von klein auf so geprägt worden. Er hatte von seinem Vater ein Heurigenlokal geerbt, wollte ausbauen, investieren und brauchte einen Kredit. Sie beriet ihn zu seiner Zufriedenheit und er lud sie zum Essen ein. So fing es an. Sein Jähzorn und seine periodischen Wutausbrüche verstörten sie anfänglich. Mit der Zeit aber lernte sie, damit umzugehen. Immer dann, wenn die Anzeichen auf Sturm standen, drückte sie sich an ihn, strich ihm zärtlich über das Haar, kanalisierte seine Gewalt in sexuelle Aktivität. Dann ließen sie prompt alles liegen und stehen, steuerten so rasch wie möglich das nächste Bett an und alles war wieder gut. Diese Verhaltensweise bewies ihr, dass der Mensch doch vom Affen abstammen musste, denn sie hatte in einem naturwissenschaftlichen Artikel gelesen, dass die Bonobos in Afrika ebenso reagierten. Wie jeder andere Mensch, hatte auch er zwei Seiten. Bei emotionaler Schönwetterlage war er der netteste Mensch. Dann überschüttete er sie geradezu mit Liebe und Zärtlichkeit. Zwei Jahre später wurde geheiratet. Dann kam das erste Kind, ein Mädchen, obwohl er sich einen Buben wünschte. Drei Tage lang besoff er sich bis zur Bewusstlosigkeit. Als sie mit dem Baby heimkam, war sie für ihn so gut wie tot. Er sprach nur mehr das Allernotwendigste mit ihr, vor allem dann, wenn es um das Geschäft ging. Zog aus dem ehelichen Schlafgemach aus, betrachtete sie von nun an nur mehr als billige Arbeitskraft.

Ebert wurde ungeduldig. Natürlich interessierten ihn auch die Hintergründe, doch nicht unbedingt zurück bis in die Steinzeit. Er unterbrach ihren Redefluss: »Wie ging es weiter? Seit wann hatten Sie wieder Kontakt mit dem Opfer?«

Ein müdes Lächeln entrang sich den traurigen Augen. Sie fuhr fort: »Vor einem Jahr fand auf Stift Göttweig eine Veranstaltung statt. Ich glaube, es hatte irgendetwas mit Wald- und Forstwirtschaft zu tun. Drei Männer kamen abends zum Heurigen. Das Lokal war gesteckt voll, die Kellnerin und ich hatten alle Hände voll zu tun, mein Mann saß wie meist bei den Stammgästen am Tisch und hielt große Reden. Im Trubel erkannte ich den Sepp nicht gleich, doch als ich zum Tisch kam, um die Bestellung aufzunehmen, sprach er mich an. Seit diesen zwei Monaten meines Ferienjobs hatten wir nichts mehr voneinander gehört. Es war für uns beide eine freudige Überraschung. Mein Mann saß am Nebentisch und räusperte sich. Das tat er immer, wenn ich mich ein paar Augenblicke lang mit männlichen Gästen unterhielt, da kam seine unverhüllte Eifersucht zum Vorschein. So also brachte ich dem Sepp und seinen beiden Kollegen ihren Wein, steckte aber dem Sepp unbemerkt einen Zettel mit meiner Handynummer zu. Zwei Tage später rief er mich an und alles begann wieder von vorn. So oft wir nur konnten, ohne Verdacht zu erregen, haben wir uns dann getroffen! Wir waren so vorsichtig wie möglich, doch eines Tages passierte es. Mein Mann fuhr nach Krems hinüber, angeblich zu einem ganztägigen Seminar bei der Winzergenossenschaft. Ich rief den Sepp an, dass wir ein paar Stunden für uns allein hätten, doch wie sich herausstellte, war es ein Irrtum. Mein mir angetrauter Ehemann, der mir seit gut einem Jahr seine ehelichen Pflichten, wie es so schön heißt, versagte, muss etwas geahnt haben. Vielleicht hat uns irgendwer gesehen, vielleicht gab es irgendwelchen Tratsch, den ihm jemand zutrug. Just in dem Augenblick, als wir aus der Winzerhütte oben am Weinberg schlichen, kam er die steile Stiege zwischen den Terrassen herauf. Der Sepp wollte stehen bleiben, die Verantwortung für das Getane übernehmen, doch ich hielt ihn davor ab. Meinte im Ernst, mit meinem rabiaten Ehegatten alles in Ruhe regeln zu können! Auf mein Drängen hin rannte Sepp den Hang weiter hinauf und suchte sein Heil in der Flucht! Meine Ehe war doch sowieso schon kaputt!« Sie begann heftig zu weinen. Ebert schenkte ihr ein paar Minuten der Stille, bis er das Verhör fortsetzte.

»Susanne hat zwei Kinokarten gefunden und auch einen Prospekt über eine mögliche Auswanderung nach Kanada. Der entscheidende Hinweis, um endlich Licht ins Dunkel zu bringen, kam aber von der Sekretärin! So weit reicht unser Wissensstand. Doch deswegen bin ich nicht hier, meine Fragen gelten einzig und allein der Mordermittlung. Betrachten Sie unser Gespräch in diesem Sinne als Verhör. Zwei Fragen warten auf zwei Antworten. Wo ist Ihr Mann und wie hatte er erfahren, wer Ihr Liebhaber war?«

»Mein Mann ist gestern mit einigen befreundeten Jägern zu einer Hirschjagd in die rumänischen Karpaten gefahren. Sie wollten eine Woche dort bleiben, auf jeden Fall so lange, bis sie zu den Abschüssen kommen, die sich vorgestellt haben! Nach der unheilvollen Episode am Weinberg hat er Sepps Namen und Adresse aus mir herausgeprügelt. Da hab ich ihm alles erzählt, von Anfang an.«

Ebert fluchte, weil er einen Tag zu spät kam. Fuhr mit seiner Ermittlung fort, den Inhalt auf einem kleinen Diktafon aufnehmend, welches er zuvor auf den Tisch gelegt hatte.

»Verdächtigen Sie Ihren Mann des Mordes am Oberförster? Trauen Sie ihm so etwas zu?«

Sie trocknete ihre Tränen ab und nickte. »Ich wusste es am selben Tag, als ich über den Mord in der Zeitung las. Er fuhr an diesem unglücklichen Tag nach dem Mittagessen fort und ich dachte mir nichts dabei, denn es entsprach seiner Gewohnheit. Obwohl er genau wusste, dass sonntags immer der Bär bei uns los ist, oder eben gerade deshalb. Als ich um Mitternacht das Lokal zusperrte, war er immer noch nicht da. So gegen zwei Uhr wurde ich durch ein Geräusch wach. Ohne das Licht aufzudrehen, schaute ich beim Fenster in den Hof hinunter. Er stellt den Pajero in der Garage ab und dann tat er etwas Sonderbares. Er holte den Kärcher aus der Garage und spritzte irgendetwas damit ab, was ich in der Dunkelheit nicht sehen konnte. Einige Minuten später polterte er die Stiege herauf und ging in sein Zimmer. Ich aber lag bis in die frühen Morgenstunden wach in meinem Bett und fragte mich, was denn um Himmelswillen geschehen sein konnte. Um sechs Uhr bin ich dann aufgestanden und in den Hof gegangen. Da hab ich dann gesehen, wie sein grüner Kleppermantel am Zaun zum Trocknen hing.«

»Warum, um Gottes willen, haben Sie nicht gleich die Polizei angerufen«, schrie Ebert sie an, seine ohnehin nur mühsam gezügelte Beherrschung verlierend. »Warum sind Sie nicht zu mir gekommen, Sie kennen mich doch?«

»Es war doch nur ein Verdacht, ich hatte keine Beweise, nur eine Vermutung, die mit Eiseskälte durch mein Herz schlich, wollte doch nicht wahrhaben, dass er wirklich zu so einer Tat fähig sein könnte. Er ist doch mein Mann, der Vater meiner Tochter, ich muss doch zu ihm halten, trotz allem, was passiert ist, oder nicht?«

Jetzt war es Ebert, der die Hände zusammenschlug. Mühsam, der leidigen Angelegenheit wegen, die er nicht begriff und auch nicht verstehen konnte, setzte er das Verhör fort. Längst schon hatte er erfahren, dass zwischen Gut und Böse, Schwarz und Weiß eine Unschärfe lag, dass eben die menschliche Natur nicht immer alles so sah, wie sie es sehen sollte. »Wohnen Sie hier im Haus?«, wollte er von ihr wissen. »Zeigen Sie mir bitte den Waffenschrank Ihres Mannes.«

Sie ging voraus, führte ihn in das Arbeitszimmer ihres Gatten. Überall hingen Trophäen an den Wänden, sie legten Zeugnis ab für die erfolgreiche Leidenschaft des Wirtes. Im Stiegenhaus, im Gang, selbst im Arbeitszimmer. Neben einem mächtigen, glanzpolierten Schreibtisch stand der Waffenschrank. Karin nahm einen Keramikbecher vom Fenstersims und leerte ihn am Schreibtisch aus. Allerlei Krimskrams war darunter, zu guter Letzt auch der passende Schlüssel. Ebert sperrte den Schrank auf und was er sah, gefiel ihm. Zwei Gewehre fehlten, zwei Büchsen, die der Wirt in die Karpaten mitgenommen hatte. Doch die Schrotflinte, die richtige, eine Rottweil 770, stand da. Ebert roch daran. Der Geruch des Waffenöls schlug ihm entgegen, es lag klar auf der Hand, dass die Waffe erst kürzlich gereinigt worden war. Vorsichtig nahm er das Gewehr heraus und verschloss den Schrank.

»Die Flinte ist einstweilen beschlagnahmt. Wir werden sie ballistisch überprüfen, doch ich bin mir sicher, dass wir die Tatwaffe gefunden haben und damit auch den Mörder!«

Die Wirtin schrie hysterisch auf, sank auf der Bettbank nieder, mühsam nach Atem ringend. Ebert brachte ihr ein Glas Wasser. Sie setzte es an ihre Lippen, trank hastig, drei volle Züge. Das Gesicht knochenbleich, gebrochen, alles Unglück der Welt in sich vereinend. »Es ist alles meine Schuld«, kam es tonlos von den bebenden Lippen, »es ist alles meine Schuld!«

Ebert blieb stumm. Ein paar Minuten später sprang sie hektisch in die Höhe. Ruhelos ging sie hin und her. Vier Schritte nach vor, vier Schritte zurück. Ging beim Reden, redete beim Gehen. Die schockgefrorene Wut in ihrem Inneren taute auf. »Dieser Schuft, diese erbärmliche Kreatur. Schießen ist das Einzige, was er kann. Ich war so glücklich, als der Sepp wieder zu mir kam. Er war meine einzige Hoffnung, mein letzter, ewig fester Ankerplatz, den ich ansteuern wollte. Weit weg von hier in Kanada. Alles, alles, was ich mir hier erarbeitet hatte, wollte ich stehen und liegen lassen, für ihn, mit ihm, wegen ihm. Nur die Kleine wollte ich mitnehmen und das bisschen Geld, das ich von meiner Mutter geerbt habe. Jetzt ist alles aus. Sepp ist tot, mein Mann sein Mörder. Das ganze Kartenhaus, das wir gemeinsam in diesem einen Jahr des Glücks aufgebaut haben, ist zusammengefallen, vom Schicksal umgeblasen wie eine baufällige Hütte!«

Ihr Energieanfall dauerte nur kurz. Dem sprichwörtlichen Häufchen Elend gleich, war sie auf dem Sofa niedergesunken und schluchzte vor sich hin. Ebert wurde weich. Er wollte es nicht, doch er konnte nicht anders. Nahm behutsam neben ihr Platz, streichelte ihr über den blonden Haarschopf. Ohne jegliche Anzüglichkeit, ohne sich dieser beschützenden Geste bewusst zu sein. Plötzlich konnte er die Gefühle Raffls für Susanne verstehen, schämte sich, dass er ihm jeden emotionalen Ausbruch ihr gegenüber verwehrt hatte. So, als ob er diesen Einblick in seine Seele nicht wahrhaben wollte, sprang er urplötzlich auf, wollte es nicht zulassen, dass sie sein Mitleid spürte. Schluckte seinen Unmut gegen sich selbst berufsmäßig hinunter und ergriff die amtliche Initiative.

»Eigentlich müsste ich Sie wegen des Verdachts der Mittäterschaft und der Fluchtgefahr mitnehmen und einsperren. Kein Anwalt würde mir das übel nehmen. Außerdem besteht die Gefahr, dass Sie Ihren Mann telefonisch von seiner Entlarvung unterrichten könnten.« Ebert rang mit sich selbst, wusste nicht, was er tun sollte. Nie zuvor in seiner Laufbahn bei der Kriminalpolizei war ihm so etwas vorgekommen. Im Geiste ließ er alle Verhaltensregeln vorbeimarschieren, die in solch einem Falle zielführend wären. Allein, er fand keine, die funktionieren könnte. Er gab sich einen Ruck.

»Das Ergebnis der ballistischen Untersuchung sollte morgen gegen zwölf Uhr fertig sein. Dann erst wissen wir definitiv, ob diese Flinte die Mordwaffe ist. Kommen Sie bitte um zwei Uhr zum Kommissariat, um das Protokoll zu unterschreiben. Und nun schwören Sie auf das Leben ihres Kindes und den zerplatzten Traum eines Neubeginns, dass Sie Ihren Mann nicht warnen werden. Seien Sie sich dessen bewusst, dass er mit allerhöchster Wahrscheinlichkeit der Mörder Ihres Geliebten ist. Seien Sie sich aber auch dessen bewusst, dass ich mit dieser stillen Duldung der Umstände Kopf und Kragen riskiere. Vertrauen gegen Vertrauen, verstehen Sie? Kann ich mich darauf verlassen?«

Karin schwor hoch und heilig, nichts zu unternehmen. Er glaubte ihr, bat sie noch einmal inständig zu schweigen, sich auch keiner anderen Person anzuvertrauen. In diesem Moment blieb ein Wagen mit deutschem Kennzeichen auf dem Parkplatz stehen, die ersten Gäste waren angekommen. Verlegen drückte sie dem Kommissar die Hand, dankte ihm für sein Verständnis. »Gehen Sie bitte zur Hintertür hinaus, damit Sie niemand mit dem Gewehr sieht, ich komme hundertprozentig morgen in die Kanzlei zu Ihnen.« Grußlos verließ Ebert das Lokal.

13

Die ballistische Untersuchung brachte das Ergebnis, das Ebert erwünscht, ja erhofft hatte. Es war die Tatwaffe. Ebert berichtete dem zuständigen Staatsanwalt vom Ergebnis. Als er ihm von seiner Vereinbarung mit der Ehegattin des Täters erzählte, runzelte dieser die Stirn, meldete seine Bedenken an. Ebert beruhigte ihn. »Der Hass der Frau auf ihren Mann ist grenzenlos. Er hat nicht nur ihr Leben in den letzten Jahren vergiftet, sondern sie durch den Mord ihrer allerletzten Hoffnung beraubt, aus dem Teufelskreis der gescheiterten Ehe herauszukommen. Ich vertraue ihr, sie wird mit uns kooperieren, alles tun, um den Mörder ihres geliebten Sepp hinter Gitter zu bringen!«

Punkt zwei Uhr erschien Karin auf dem Kommissariat. Ebert und der Staatsanwalt nahmen sie in die Mangel, redeten auf sie ein, räumten ihre allerletzten Zweifel rücksichtslos beiseite. Gemeinsam entwarfen sie einen Schlachtplan. Das Leben sollte weiter seinen Lauf nehmen. Normalität bewahren, den alten Gepflogenheiten nachgehen, nur keinen Verdacht erregen. Das Lokal offen halten, um unnötiges Geschwätz zu vermeiden. So tun, als sei nichts gewesen. Darin hatte sie Übung, musste sie doch seit der Geburt ihrer Tochter weiterhin heile Welt spielen. Die innere Zerrissenheit durch äußere Gelassenheit geschickt verbergen, hieß ihre Devise. Dem unvermeidlichen Tratsch keine Nahrung geben.

Es wurde vereinbart, dass Karin den Kommissar informieren würde, falls sich ihr Mann bei ihr melden sollte. Man würde ihn bei seiner Rückkehr stellen. Einer der anderen Jäger war gefahren und würde den Wirt naturgemäß zu Hause abliefern. Eberts Team würde auf ihn warten, das Haus umstellen, um auf Nummer sicher zu gehen.

Wie vereinbart sperrte Karin das Lokal auf, stürzte sich Hals über Kopf in die Arbeit. Wollte vergessen, musste vergessen, machte gute Miene zum bösen Spiel. In den schlaflosen Nächten kramte sie das einzige Bild hervor, das sie von ihrem Sepp hatte, und der Hass auf ihren Mann wuchs von Minute zu Minute. Im selben Ausmaß aber schwand ihr Schuldbewusstsein, formte sich in ihrem Kopf die Erkenntnis, dass ihr Mann ein Mörder war und der gerechten Strafe nicht entgehen sollte. Selbstmitleid übermannte sie. War sie denn nicht durch den Tod ihres Geliebten, ihrer einzigen Hoffnung auf ein neues Glück, schon genug bestraft? Wie sollte es jetzt weitergehen? Wo sollte sie hin, wenn man ihn einsperrte? Bleiben konnte sie nicht, seine Verwandtschaft, seine Freunde würden ihr das Leben zur Hölle machen, dessen war sie sich sicher. Die Chance, mit einem anderen Mann der ehelichen Tyrannei zu entgehen, war nun dahin. Sepp war tot. Mausetot. Erschossen von ihrem Mann, dem brillanten Jäger, der sich stets damit brüstete, keine Munition zu vergeuden, jeden Schuss ins Schwarze zu setzen. Diese Unwiederbringlichkeit öffnete ihr die Augen und Verzweiflung verbiss sich in ihr Herz wie ein böses Tier.

Sie konnte den Tag der Ankunft, den Tag der Rache kaum erwarten. Von Stunde zu Stunde wuchs ihre Ungeduld. Sie wollte alles hinter sich bringen, ohne zu wissen, wie es dann weitergehen sollte. Nur so kann man den folgenschweren Fehler erklären, der ihr, entgegen den Anweisungen Eberts, nun unterlief. Der Zufall wollte es, dass sie im Supermarkt die Frau des Jagdkollegen traf. Zunächst plauderten sie zwanglos, witzelten herum, ob denn ihre Männer schon zum Schuss gekommen wären. Die andere erzählte ihr stolz, dass ihr Mann zweimal am Tag anrief. Vielleicht wunderte sie sich, als ihr Karin anvertraute, dass ihr Mann sich eigentlich nie meldete, wenn er länger fort war. Deshalb, erklärte ihr Karin, wisse sie auch nicht, wann denn die drei großen Weidmänner wieder heimkommen würden. So erfuhr sie, dass die Rückkehr für Samstagabend geplant war. Um Ebert nicht zu verärgern, informierte sie ihn nicht. Es würde reichen, wenn sie ihn am Samstagvormittag verständigte.

Dies war die größte Dummheit ihres Lebens. Mit weiblichem Gespür hatte die Frau des Jägers gemerkt, dass etwas in der Luft lag. Ihr Misstrauen und ihre Neugier waren geweckt. Warum rief Karins Mann sie nicht an? Warum rief sie ihn nicht an? Hatten sie sich nichts mehr zu sagen? Warum wollte sie ausgerechnet von ihr wissen, wann die drei Freunde heimkommen würden? Sie ahnte bereits seit längerer Zeit, dass Karin unglücklich war. Sie selbst war glücklich mit ihrem Mann, vertraute ihm. Ließ ihm sein Hobby, hatte Verständnis für seine Jagdleidenschaft. Deshalb war es für sie selbstverständlich, dass sie sofort ihren Mann anrief und ihr von Karins mysteriösem Auftreten berichtete. Dieser lachte nur, maß dem keine besondere Bedeutung bei. Er führte eine harmonische Ehe, hatte sie noch nie betrogen und keine Geheimnisse vor ihr. Deshalb, nur deshalb, dachte er sich nichts dabei, als er es beim Abendessen im Hotel seinen Jagdkollegen erzählte, und konnte sich nicht genug über die heftige Reaktion seines Freundes wundern. Dieser sprang wie von einer Tarantel gestochen auf, stieß dabei sein Bier um und wurde rot vor Wut. »So ein Trampel«, schrie er lauthals, »warum ruft sie mich nicht selber an, wenn sie was wissen will!« Wie ein wild gewordener Stier stürmte er aus dem Gastzimmer, die beiden Freunde verwundert zurücklassend. Sein Jähzorn war berüchtigt, doch er erklärte nicht diese Heftigkeit wegen eines harmlosen Anrufes. Nach zehn Minuten kehrte er wieder an den Tisch zurück, trank ohne ein weiteres Wort zu sagen sein frisches Bier aus, täuschte heftiges Kopfweh vor und ging in sein Zimmer. Dies war ebenso ungewöhnlich, denn an den anderen Abenden war er immer der Letzte gewesen, der zu Bett gegangen war.

Seine Freunde hatten ein Doppelzimmer, er ein Einzelzimmer genommen. Dorthin zog er sich zurück, ließ die altertümliche Badewanne volllaufen, versuchte im heißen Wasser Entspannung zu finden. Der Mord am Förster belastete ihn kaum. Dieser hatte sich an seinem Eigentum vergriffen und musste bestraft werden. Es war für ihn ein präziser Schuss wie jeder andere gewesen. Er war ein guter Jäger, der weder Munition vergeudete, noch sein Opfer leiden ließ. Er hasste diese Stümper von primitiven Dorfjägern, diese Landeier, die stundenlang angeschossenem Wild nachspüren mussten. Solch ein Murks kam bei ihm nicht infrage. Warum sein untreues Eheweib nun aber wissen wollte, wann er heimkommen würde, diese Frage beschäftigte ihn. Hegte sie einen Verdacht, den sie schon mit jemandem geteilt hatte? Einer Freundin, einem Gast, der Polizei etwa? War man ihm schon auf der Spur? Hatte er sich verdächtig gemacht, als er ein paar Tage später das Land verließ, eine Jagdreise nach Rumänien unternahm? Oder war es ein Fehler gewesen, kurz vor der Abreise noch einmal zurückzukehren und den Hund zu vergiften, nur um den Verdacht auf einen Einheimischen zu lenken? War er dabei beobachtet worden? Der Fragen waren viele, die richtigen Antworten ließen jedoch auf sich warten. Er zermarterte sich das Hirn, wie er seinen Kopf aus der Schlinge ziehen könnte.

Er glaubte nicht an Zufälle, nach allem, was passiert war. Er hatte sie grün und blau geschlagen, damals oben am Weinberg. Der Kerl war davongelaufen, hatte Fersengeld vor lauter Angst gegeben. So wurde sie zum Opfer. Obwohl sie sich anfänglich wehrte, mit der Wahrheit nicht herausrücken wollte, hatte sie letztendlich doch nachgeben müssen. Mühsam hatte er ihr den Namen ihres Liebhabers herausgepresst, ihre Angst war letztlich stärker als ihr Mut. Dann hatte er recherchiert.

Es war nicht schwer gewesen, Sepps Adresse im Internet zu finden. Er kaufte eine Wanderkarte, in der das Forsthaus eingezeichnet war. Verstaute Flinte und Munition im Pajero und fuhr frühmorgens an diesem unheilvollen Sonntag hinauf ins Waldviertel. Er wollte keinen Fehler machen, plante seine Tat bis ins kleinste Detail. Er machte sich mit den Lebensgewohnheiten des Försterpaares vertraut und so wusste er auch, dass sie jeden Sonntag zur Messe gingen. Von einem Hochstand aus verfolgte er mit dem Fernglas, wie Sepp und Susanne aus dem Haus traten, die Tür versperrten und sich auf den Weg ins Tal machten. Zwei Stunden sollten ihm genügen, um die Gegend zu erkunden. Die Felsengruppe des Nonnenlochs war in der Karte eingezeichnet. Unwillkürlich musste er bei dem Gedanken lachen, dass alsbald der Teufel sein Unwesen bei den Nonnen treiben würde. Der Teufel aber würde er sein! Wie ein Generalstabsoffizier erkundete er das Gelände, stellte fest, dass sich die Felsspalte ideal als Versteck für den Toten eignen würde, legte die Marschrichtung für Angriff und Rückzug fest. Dann kehrte er zu seinem Wagen zurück, den er hinter einer Scheune am Waldesrand abgestellt hatte. Auf Umwegen fuhr er die zwanzig Kilometer in die Bezirkshauptstadt, wo er in aller Ruhe zu Mittag aß. Er hatte seine Frau schon länger in Verdacht, dass sie ihn betrog. Auch wenn er schon lange nicht mehr mit ihr schlief, so war sie doch sein Eigentum. Wie sein Pajero, sein Heurigenlokal, seine Jagdausrüstung. An seinem Eigentum aber vergriff man sich nicht, basta, schließlich war er der Herr im Haus. Und ab und zu, so dachte er, musste man den Weibern die Knute geben, um ihnen zu zeigen, wo und wie es langging. Der Oberförster aber hatte sich bei seinem Weib bedient, noch dazu auf seinem eigenen Grund und Boden! In seiner Winzerhütte hatten sie es getrieben und deshalb musste der Eindringling sterben. Er hatte Sepps Tod beschlossen, zur Chefsache erklärt, koste es, was es wolle.

An die Folgen dachte er nicht, zumindest nicht in diesem Moment. Hass schnürte ihm die Kehle zu und er wusste nicht, was er tat. Hatte seinem inneren Feind gestattet, ihn zu vereinnahmen, zur Bestie werden zu lassen. Wie ferngesteuert war er in den Wald gefahren, hatte den verhassten Nebenbuhler mit einem Anruf aus dem Haus gelockt und ihn niedergeschossen. Die Harmlosigkeit des Försters beleidigte seinen Jägerstolz, er hatte mit mehr Gegenwehr gerechnet, doch es war verblüffend einfach. Das Wild aufspüren, sich anschleichen und abdrücken. Ob Hirsch oder Mensch, das Muster blieb stets gleich. Er sah den fragenden Blick des Försters, dessen Leben rot aus der zerfetzten Brust herausrann. Zehn Minuten später war alles vorbei. Ohne nur einen einzigen reuigen Gedanken schleppte er sein Opfer zur Felsspalte und warf es hinein.

Das war die eine Sache. Nicht entdeckt zu werden, die andere. Doch nun, da er fürchten musste, dass man ihm auf den Fersen war, reifte in der Abgeschiedenheit der Karpaten sein Plan.

14

Die Jagdreise war schon lange vor der ruchlosen Tat geplant worden. Die beiden Freunde ahnten nichts, sahen keinen Zusammenhang zwischen dem Mord am Förster und ihrem Freund. Wussten nichts von dem Treuebruch seiner Frau. Der Mord an einem Weidmann hatte selbstverständlich auch ihre Aufmerksamkeit erregt, doch es war beileibe nicht das erste Mal, dass ein Jäger einen anderen erschoss, sei es aus Versehen oder mit Absicht. Der Zeitpunkt der Reise war für ihn ein Gottesgeschenk gewesen, hatte ihn auf dem Höhepunkt der Ermittlungen aus dem Schussfeld gebracht. Doch, so fragte er sich nun, da er in der Wanne lag, deren Wasser immer kälter wurde, gibt es überhaupt ein Gottesgeschenk für einen Mörder? Was würde ihn erwarten, wenn er wieder nach Hause kam? Die Krimineser rechneten erst am Samstag mit ihm, somit hatte er einen Tag Vorsprung. Er verfluchte sich innerlich, dass er seine Schrotflinte nicht mitgenommen hatte. Zweifel tauchten in ihm auf, ob er denn diese auch ausreichend gereinigt hatte.

Über seine Frau machte er sich keine Illusionen. Sie hatte sicher zwei und zwei zusammengezählt und ihn seit dem Moment in Verdacht, in dem der Mord an ihrem Geliebten bekannt wurde. Von ihr hatte er keine Hilfe zu erwarten. Wenn aber die Polizei ihn verdächtigte, dann hatten sie die Flinte bereits beschlagnahmt. Wenn sie aber dieses schöne, teure Stück hatten, dann hatten sie auch den Mörder. Dann würde ihm ein Tag Vorsprung auch nicht helfen. Sie würden ein Fahndungsfoto herausgeben und ihn bis ans Ende der Welt jagen. Seine Schuldgefühle hielten sich in Grenzen, der Tote tat ihm nicht leid, er hatte seine Ehe zerstört. Leid tat er sich nur selbst. Mit seiner Tat, vorsätzlich und gut geplant, hatte er sein Anrecht auf eine Zukunft zerstört. Alles hatte er kaputt gemacht. Den Förster. Seine Ehe. Seine Frau und sein Kind, denn es war sonnenklar, dass sich Karin von ihm scheiden lassen würde. Sein ganzer Besitz, sein Heurigenlokal, für das er sich abgestrampelt hatte, würde den Bach hinuntergehen. Er machte sich keine Illusionen, dass er entkommen könnte, sein Schicksal war besiegelt. Im Geist sah er sich bereits vor dem Richter stehen. Der Staatsanwalt würde für lebenslänglich plädieren, keinen Milderungsgrund für die vorsätzliche Tat finden. An Wiedergutmachung war nicht zu denken. Der Prozess würde wie eine Bombe einschlagen, die Schlagzeilen in den Tageszeitungen sich in ihrer Sensationsgier förmlich überschlagen: »Prominenter Heurigenwirt erschießt Nebenbuhler.« Seine Familie, Freunde und Stammgäste würden ihn fallen lassen wie einen faulen Apfel, die Jagdgemeinschaft ihn ächten bis zum Ende seiner Tage. Seine Lage war ausweglos, doch welche Alternative hätte er gehabt? Gute Miene zum bösen Spiel machen, als er seine Frau mit dem anderen ertappte? So tun, als wäre nichts geschehen, ihr verzeihen und ihm vergeben, wieder zur Tagesordnung übergehen? Er verfluchte seine Eifersucht, sein Besitzstanddenken, das ihn letztendlich zu dieser Tat getrieben hatte. Ein schwarzes Loch tat sich weit in seiner Seele auf. Er hatte sein Schicksal herausgefordert, nun musste er Verantwortung übernehmen. In allen Ländern der Welt wird Mord mit Freiheitsentzug, in einigen sogar mit dem Tod am Galgen, am elektrischen Stuhl oder durch eine Giftspritze bestraft. Er wollte weder das eine noch das andere. Als guter Jäger war er mit den Gepflogenheiten der Jagd vertraut. Wild musste aufgespürt, gestellt und erlegt werden, so und nicht anders.

Er stieg aus der Wanne, trocknete sich ab, schlüpfte in seinen Pyjama und ging zu Bett. Doch der Schlaf wollte und wollte sich nicht einstellen. Ruhelos wälzte er sich im Bett. Sein Körper schrie nach Ruhe, doch sein Gehirn lief auf Hochtouren, suchte nach einem Ausweg aus der Misere, in die er sich mit seinem Rachefeldzug gebracht hatte. Er stand wieder auf und ging zum Fenster. Heftiger Wind war aufgekommen, graublaue Wolken jagten schemenhaft durch die von Blitzen erhellte Finsternis. Regengüsse schleuderten ihre Wassermassen auf die Erde nieder, tränkten Wald und Flur und das Gemüt des Mörders, der verzweifelt in die apokalyptische Wirrnis hinausstarrte, bereit war, Buße zu tun, sich der Urgewalt des Gewitters auszuliefern. Doch er tat es nicht, war unfähig, sich dem Bann dieses Schauspiels zu entziehen. Indes, die Gedanken der Reue verflogen rasch und mit einem Mal erkannte er, welche Chance ihm das Unwetter bot. Peter und er hatten je einen starken Hirsch erlegt, Kurt war leer ausgegangen. Wenn der Regen die ganze Nacht und vielleicht auch noch morgen anhalten würde, dann konnte er seine beiden Kollegen überreden, einen Tag früher als geplant abzureisen. Instinktiv fühlte er, dass sich sein Schicksal zu erfüllen drohte, doch der Überraschungseffekt, einen Tag früher als geplant anzukommen, also bereits am Freitag und nicht erst wie erwartet am Samstag, könnte eine neue Chance bieten. Um acht Uhr würden sie beim Frühstück wieder zusammentreffen, und wenn es dann noch regnete, stünde einem raschen Aufbruch nichts mehr im Wege. Mit ein bisschen Glück wären sie am späten Abend wieder in der Heimat.

Zahlreiche Wissenschaftler, nicht nur Mathematiker und Physiker, haben sich ihre Gehirne über das Phänomen des

Zufalls zermartert. Für viele von ihnen ist der Zufall eine Illusion. Dennoch durchdringt das Unvorhersehbare alle Bereiche des menschlichen Lebens, unseres Handelns, unseres Fühlens, unseres Denkens. Der Zufall ist mächtiger, als wir uns in unseren kühnsten Träumen vorstellen können. Denn nur so kann man erklären, dass just zur selben Zeit, als der Mörder in der Badewanne in fieberhaften Schüben grübelte, wie er seinen Kopf aus der Schlinge ziehen könnte, auch Susanne neunhundert Kilometer weit entfernt in ihrer Badewanne lag und vor sich hin brütete, wie man des Mörders am besten habhaft werden konnte. Sie war zeitig in der Früh enthaftet worden. Raffl hatte sie abgeholt und ihr die näheren Umstände, denen sie ihre Freiheit verdankte, bei der Fahrt zurück erklärt. Sie konnte sich dunkel an die Praktikantin erinnern, hatte ihr aber keine Bedeutung beigemessen. Nun endlich aber kannte sie ihre Nebenbuhlerin, mit der ihr Sepp in Kanada einen Neuanfang wagen wollte. Tief in ihrem Inneren keimte der Wunsch, sie kennenzulernen. Sie wollte herausfinden, welchen Reiz sie auf Sepp ausgeübt hatte, warum er sie vorgezogen hatte. Noch bevor sie aus der Wanne stieg, war ihr Entschluss gefasst. Sie würde morgen in die Wachau fahren. Immer schon hatte sie Sepp zu einem Heurigenbesuch überreden wollen, doch er fand keinen Gefallen daran und darum unterblieb er auch, sie hatte sich wieder einmal nicht durchsetzen können. Immer geschah nur das, was er guthieß.

Freitag früh fuhr sie ins Dorf, um einzukaufen, weil ihre Vorräte aufgebraucht waren, in erster Linie aber, um von den Bewohnern gesehen zu werden. Die Gaffer würden sich das Maul zerreißen, dass sie aus der Untersuchungshaft entlassen worden war, was wiederum nur bedeuten konnte, dass sie tatsächlich unschuldig war. Da Raffl dienstfrei hatte, lud sie ihn zum Essen ein. Ohne Hintergedanken, einfach so. Zwei Stunden später musste sie ihn förmlich hinausdrängen, da er dachte, bei ihr bleiben zu können. Doch sie hatte anderes vor, konnte ihm aber nicht auf die Nase binden, worum es sich handelte. Sie ging unter die Dusche, beschäftigte sich lange damit, ihre Frisur auf gleich zu bringen, schminkte sich erstmals seit langer Zeit wieder und zog ihr schönstes Dirndl an. Dann fuhr sie in die Wachau, zum Heurigen. Ihr Kopf war klar, sie wollte die Situation auf sich zukommen lassen, nicht schon vorher daran denken, was sein könnte.

Als sie um sechs Uhr das Lokal betrat, schlug ihr ein Geräuschpegel der Extraklasse entgegen. Deutsche Touristen hatten es in Beschlag genommen. Eine blutjunge Kellnerin bediente die Gäste, die Wirtin hantierte in der Küche, deren Tür offen stand. Susanne setzte auf den Überraschungseffekt, fackelte nicht lange und ging schnurstracks in die Küche. Karin wandte ihr den Blick zu, wollte sie im ersten Moment maßregeln, dass sie hier nichts zu suchen hätte. Susanne sah ihr nur in die Augen, sprach kein Wort, bis Karin endlich begriff, wer vor ihr stand. Sie erbleichte, sank auf einem Stuhl zusammen. Susanne zog die Tür hinter sich zu.

»Sie sind Sepps Frau«, stammelte Karin. Susanne nickte. »Und was wollen Sie jetzt von mir, sich rächen, für das, was ich getan habe?« »Nein«, entgegnete Susanne würdevoll, mit der Ruhe der Reife. »Ich wollte Sie kennenlernen, herausfinden, was Sie haben und ich nicht! Und ich denke, es ist Zeit für eine Aussprache, da wir doch beide Opfer der Umstände sind. Die Frau des Täters und die Frau des Opfers, wie in einer griechischen Tragödie!«

Karin erhob sich, ging auf Susanne zu, bot ihr die Hand zum Gruß. Susanne aber zog Karin an sich und umarmte sie.

Tränen flossen auf beiden Seiten. Stumm standen die beiden Frauen da, umklammerten sich verzweifelt, sich ihres gleichen Schicksals gewiss. Sie waren beide Opfer ihrer Liebe voll ungestillter Sehnsüchte.

Es klopfte an der Tür. Die Kellnerin kam herein, wollte die drei bestellten Brettljausen holen, die Karin nicht vollendet hatte. Sie musterte Susanne unverschämt, ein erkennendes Blitzen war in ihren Augen zu lesen. Karin drängte sie zur Tür hinaus.

»Wart' noch zehn Minuten, ich bin gleich fertig!« Karin bat Susanne, doch kurz Platz zu nehmen. Susanne aber erhob sich und half der verzweifelten Wirtin beim Anrichten der Speisen. Karin warf ihr einen dankbaren Blick zu, sie hatte anderes erwartet. »Neben dem Buffet ist noch ein Tisch frei, ich setze mich gleich zu Ihnen, wenn ich hier fertig bin.«

Susanne, von der Kellnerin misstrauisch beäugt, bestellte gespritzten Traubensaft und ein Liptauerbrot. Gedankenverloren kaute sie auf dem Brot herum, war sich plötzlich nicht mehr im Klaren, was sie hier sollte, warum sie überhaupt hergefahren war. Was hatte sie auch erwartet? Karin war zwanzig Jahre jünger als sie, hatte eine tadellose Figur. Doch der Kummer der letzten Wochen hatte auch bei ihr Spuren hinterlassen. Diese Tatsache spendete ihr jedoch nicht den Trost, den sie suchte. Nur um sich abzulenken, studierte sie die Speisekarte. Das Angebot war wie bei allen anderen Heurigen auch, nicht besser, nicht schlechter. Plötzlich wurde ihr ihre eigene Ähnlichkeit mit Karin bewusst. Damals, vor zwanzig Jahren, war sie ebenfalls so schlank gewesen, mit straffer Brust und einem herzerfrischenden Gesicht. Auch jetzt, mit achtundvierzig, war sie noch eine blendende Erscheinung, spürte sie des Öfteren bewundernde Männerblicke auf sich gerichtet.

Sie hatte sich nie befähigt gefühlt, Männer verstehen zu wollen, schon gar nicht verstehen zu können. Warum es Männer zu jüngeren Frauen hinzog, es andererseits aber auch genug Frauen gab, die wesentlich jüngere Männer umschwärmten. Wie schon so oft zuvor haderte sie mit ihrem Schicksal. Stellte sich zum wiederholten Mal die Frage, ob ihre Ehe mit Kindern glücklicher gewesen wäre. Hätte sie ein Kind fester zusammengeschweißt, hätte ein Kind ihrer Ehe mehr Sinn gegeben?

Eine schreckliche Idee ging ihr durch den Kopf. Hatte Karin ein Kind? Wenn ja, von wem? War es am Ende – sein Kind? Bei diesem Gedanken wurde ihr schlecht. Als Karin zu ihr an den Tisch kam, galt ihr diese erste Frage. Karin bejahte und verneinte zugleich. Ja, sie hatte ein Kind, und nein, es war nicht von Sepp. Susanne atmete auf. Wenigstens ein Hoffnungsschimmer, so ging es ihr durch den Kopf, denn wenn es nicht so gewesen wäre, hätte sie auf der Stelle die Flucht ergriffen. Die Flucht vor Karin, die Flucht von sich selbst. Sie war von ihrer Mutter dazu erzogen worden, ein Kind als Gottesgabe anzunehmen, zu hüten, zu pflegen und zu einem guten Christenmenschen zu erziehen. Schockartig wurde ihr aber bewusst, dass Karin ihr Kind nach Kanada mitgenommen hätte und damit auch Sepp endlich seine Sehnsucht nach einer Vaterrolle hätte stillen können.

Der Reiseleiter der deutschen Autobusgruppe drängte zum Aufbruch. Die Kellnerin hatte alle Hände voll zu tun, eilte von Tisch zu Tisch, um zu kassieren. Nach einer Viertelstunde war das Lokal leer. Karin schickte kurz entschlossen die Kellnerin nach Hause, sie konnte bei der Aussprache mit Susanne keine Zeugen brauchen. Das Mädchen reagierte mit Unverständnis, räumte nur widerwillig das Feld. Karin sperrte ab.

Susanne blickte auf die große Uhr über der Theke und seufzte. Es war bereits halb neun und sie hatte noch eine gute Stunde Heimfahrt vor sich. Ursprünglich wollte sie nicht so lange bleiben, ursprünglich wollte sie sich auch nicht zu erkennen geben. Das Foto aus der Zeitung, welches sie bei ihrer Verhaftung zeigte, war aber eben doch allgegenwärtig. Nun war alles anders gekommen, vielleicht hatte es so sein müssen. Karin holte eine Flasche Wein und zwei Gläser. Ihre Angst vor dieser Begegnung war verflogen, Scheu und Scham ebenso. Eine Stunde redete sie, sprach sich ihre Pein von der Seele. Vom Kennenlernen, von ihrer ersten großen Liebe, die sie für Sepp damals empfand, vom Verlust ihrer Jungfernschaft in der unromantischen Atmosphäre der rundum gefliesten, kühlen Wildbretkammer im Beisein von zwei toten Rehen, die bereits aufgebrochen am chromblitzenden Haken hingen. Sie ließ nichts aus, beschönigte nichts, verzichtete aber auf jegliche moralische Rechtfertigung oder gar auf Gewissensbisse. Er wollte es, sie wollte es und so geschah es eben. Susanne saß da und schwieg, wie ein Beichtvater im Dunkel des Beichtstuhls, und erfuhr so die Lebensgeschichte der jungen Frau. Ohne dass sie es wollte, empfand sie Mitleid mit ihr. Sie hatte denselben Mann geliebt, war nun gewissermaßen selbst zur Witwe geworden und stand vor den Trümmern ihrer Ehe. Ihr Mann, der Mörder, hatte ihrer beiden Leben zerstört und sie schicksalhaft zusammengeführt.

Die Uhr schlug zehn. Susanne fuhr zusammen, die Zeit war wie im Flug vergangen. Sie wollte ihre Konsumation bezahlen, doch Karin winkte ab. Gemeinsam befreiten sie die Tische von ihrer Last, trugen Gläser, Teller und Besteck in die Küche, räumten den Geschirrspüler ein und tratschten. So hörten sie weder das Auto, welches am Parkplatz vorfuhr, kurz anhielt und gleich darauf wieder abfuhr, noch wie die Eingangstür zum Lokal aufgesperrt wurde.

15

Kein Drama steckt so voller Unwahrscheinlichkeiten wie das Leben selbst. Schon bevor die beiden Frauen realisierten, was ihnen bevorstand, bevor sie ein Geräusch oder die harten Schritte des Eindringlings hörten, war es zu spät.

Karin war ein halber Wecken Brot aus der Hand gerutscht, als sie ihn im Brotkasten verstauen wollte. Sie bückte sich, um ihn aufzuheben. Im Bruchteil einer Sekunde nahm sie aus dem Augenwinkel die Spitzen zweier grüner Jagdstiefeln wahr, die plötzlich in der Tür zur Küche standen. Sie stieß einen markerschütternden Schrei aus. Noch bevor sie sich aufrichtete, wurde ihr bewusst, dass in ihrem Lebensbuch soeben eine neue Seite aufgeschlagen wurde, vielleicht sogar die allerletzte. Ihr Mann stand in der Tür, das Gesicht von Zorn gerötet, von Wut verzerrt, die Waffe in der Hand.

Susanne erstarrte ebenfalls. Regungslos standen die beiden Frauen, unfähig sich zu rühren, unfähig einen Ton aus ihren vor Schreck weit aufgerissenen Mündern herauszubringen. Karin umklammerte in Todesangst Susanne, gleichwohl wissend, dass es kein Entrinnen gab. Wie ein Blitze schleudernder Racheengel stand er vor ihnen. Einen Moment lang nur war er verunsichert, hatte nicht damit gerechnet, zwei Frauen vorzufinden. Ein bösartiges Leuchten lief über sein Gesicht, als er Susanne erkannte.

»Ja, wen haben wir denn da?«, höhnte er, die mörderische Bockbüchse auf beide gerichtet. »Die Försterin vom Silberwald?! Komme ich am Ende gar zu einer Trauerfeier für den unter grausamen Umständen Verstorbenen, einem Witwentreffen sozusagen? Zwei Fliegen auf einem Schlag, das ist ja wie Weihnachten und Ostern am selben Tag, was soll ich denn nun mit euch machen?«

Rasch riss er ein Geschirrtuch vom Haken und knotete der zur Salzsäure erstarrten Susanne die Hände zusammen. Karins schöpfte Hoffnung, doch sie kam nur bis zur Tür. Er streckte sie mit dem Gewehrkolben nieder. Dann kramte er aus einem der Küchenschränke eine Wäscheleine hervor, schnitt ein Stück davon ab und legte Susanne eine Schlinge um den Hals, welche er so raffiniert am Fensterkreuz befestigte, dass sie sie bei der kleinsten Bewegung erwürgen würde. Mit einem Blick auf seine am Boden liegende Frau vergewisserte er sich, dass sie noch bewusstlos war. Bevor er in den Hof hinauslief, um seinen Pajero aus der Garage zu holen, drehte er das Licht ab. Susanne schrie auf, er kümmerte sich nicht darum. Sie war hilflos und angstvoll in der Dunkelheit gefangen. Fünf Minuten später trug er die leblose Karin zu seinem Wagen, fesselte sie an Händen und Füßen und warf sie brutal in die blutverkrustete Plastikwanne, in der er sonst das erlegte Wild transportierte. Schlug die Heckklappe des Pajero zu und kehrte in die Küche zurück. Susanne hörte, wie die Tür aufging, hörte, wie sich seine Schritte näherten, spürte seinen stoßweisen Atem, der nach Bier stank, an ihrer Wange. Todesangst umfing sie, legte ihre Nerven bloß. Sie zuckte zurück und die Wäscheleine schnitt ihr die Kehle ab. Sie fühlte ihn neben sich, doch sie konnte ihn nicht sehen. Die Gewissheit, dem Mörder ihres Mannes bedingungslos ausgeliefert zu sein, steigerte ihre Panik ins Unermessliche. Sie kämpfte mit Übelkeit und bemühte sich krampfhaft, gerade zu stehen, um den Druck der Schlinge um ihren Hals zu verringern. Mit aller Gewalt unterdrückte sie den Brechreiz, der säuerlich in ihrer Kehle brannte, konzentrierte sich auf die Geräusche, die sie in der Dunkelheit umgaben, musste stark bleiben, auf eine bessere Gelegenheit zur Flucht warten, sie wollte nicht sterben. Die Schritte entfernten sich. Ein Klingeln ließ sie aufhorchen. Sie konnte nicht einordnen, woher es kam. Das Telefon? Nein. Eher die Registrierkasse an der Theke! Gleich darauf vernahm sie das Klimpern von Münzen, das Rascheln von Geldscheinen, das Zudrücken des Druckknopfes seiner Geldbörse. Was hatte er vor? Wo wollte er hin? Was würde mit ihnen geschehen? Bilder aus ihrer Jugendzeit schossen ihr durch den Kopf. Altvertraute Gesichter tauchten auf, blickten sie an, gerade so, als würden sie sich von ihr verabschieden. Nebelhaft verschwommen sah sie sich als Erstkommunionkind im weißen Kleid, mit der Kerze in der Hand, gleich darauf als glückliche Braut in ebenso strahlendem Weiß. Warum, so schoss es ihr durch den Kopf, sehe ich ausgerechnet jetzt in der dunkelsten Stunde meines Lebens so viel Weiß? Bin es überhaupt ich oder ist es der Todesengel, der neben mir weilt, mir nahe ist, mich mit sich führen will? Plötzlich stand er wieder neben ihr, sie spürte, wie der Zug der Schlinge nachließ. Langsam fuhr er ihr mit der Breitseite eines kalten Messers über die Wange, über den bebenden Hals, durch die Furche zwischen ihren Brüsten. Sie zuckte zusammen, schrie ihre Angst heraus.

Just in diesem Moment ihrer größten Todesangst wurde es wieder hell. Er stand vor ihr, hielt ihr ein großes Küchenmesser vor die schreckgeweiteten Augen. Sein Gesicht war rot angelaufen, eine Ader, die sich schräg über seine Stirne zog, pochte auf und ab. Brutal riss er ihr die Arme auf den Rücken, band sie mit der Wäscheleine zusammen. Als sie wiederum aufschrie, stopfte er ihr das Geschirrtuch in den Mund.

»So, mein Täubchen«, durchbrach er die unheimliche Stille. »Nun machen wir eine kleine Spazierfahrt in den Wald.

Dort werde ich dich kräftig durchvögeln, so wie es dein Mann mit meiner Frau gemacht hat. Du kennst doch die Bibel, bist doch in einem katholischen Elternhaus aufgewachsen, ich weiß alles über dich. Es heißt doch Auge um Auge, Zahn um Zahn, warum dann nicht auch Möse um Möse, ha! Was du nicht willst, dass man dir tu, dass füg auch keinem andern zu. Was Recht ist, muss Recht bleiben. Niemand vergreift sich an meinen Eigentum, hast du das verstanden? In meiner Winzerhütte haben sie es getrieben, in meinem Weinberg, hast du das gewusst? Findest du das richtig? Doch nun, hier und heute, schließt sich der Kreise. Dein Sepp war der erste Mann, der meine Frau vögelte, und auch der letzte. Er hat dafür gebüßt, das war nur recht und billig. Schnell ist es gegangen mit dem Herrn Oberförster. Nicht den Funken einer Chance hat er gehabt, abgeknallt hab ich ihn wie einen räudigen Hund und ich hab keinen Skrupel, es wieder zu tun. Karin hat ihr Leben so und so verwirkt, sie ist eine Schlampe, eine durchtriebene Hure, hat nichts Besseres verdient. Warum aber bist du gekommen? Bist du vielleicht lebensmüde, enttäuscht, weil dein Sepp dich mit meiner Frau betrogen hat? Bist du wegen mir hier oder wegen ihr? Wolltest du den Mörder deines Mannes kennenlernen oder deine Nebenbuhlerin, am Ende sogar beide bestrafen? Willst du das? Soll ich dir die Büchse in die Hand drücken, deinen Finger auf den Abzug legen, ja? Willst du auch Rache, so wie ich sie geschworen habe? Du bist für mich genauso eine stinkende Fotze wie mein mir angetrautes Eheweib, bist ebenfalls nicht besser. Wie oft hast du schon deinen Mann betrogen? Ihr seid doch alle gleich. Sagt nicht ein alter Spruch bei der Hochzeit: Sie ist nun unter der Haube und er hat den Scherm auf! Jetzt aber hast du den Scherm auf, betrachte dich als Kollateralschaden auf dem Kriegsschauplatz.

Das Leben ist nicht gerecht, auch wenn du es nicht wahrhaben willst!«

Er trieb sie mit hochgehaltener Waffe vor sich her. Aus der Küche hinaus, durch das Heurigenlokal, in den Hof zu seinem Jagdwagen. Schaute sich in der Schwärze der Nacht um, nichts war zu sehen, nichts war zu hören. Nur dann und wann warf eine Straßenlampe auf der weit entfernten Hauptstraße einen fingerbreiten Lichtstreifen durch den Nebel. Leichter Regen fiel, benetzte Susannes Haare, vermischte sich mit ihren Tränen. Durch die Regenschlieren des Rückfensters erhaschte sie einen Blick auf Karin, die wie ein lieblos hingeworfenes Stück Fleisch in der grünen Wildwanne lag.

Nun stieß er sie brutal auf den Rücksitz, band sie mit den Gurten fest. So lag sie dort, unbequem, die Beine angewinkelt, den Blick in die Polsterung gerichtet. Sie weinte wieder. Die Situation war so absurd, so grotesk und unwirklich, wie man es vom Fernsehschirm her gewohnt war. Dort aber war alles nur ein Spiel, das nicht der Realität entsprach. Doch das, was sie jetzt erlebte, hier und heute, war grausame Wirklichkeit, ein Albtraum mit ihr im Mittelpunkt. Ihre Eltern taten ihr leid, sie war doch das einzige Kind! Auch an Raffl dachte sie, von dem sie ahnte, dass er sie liebte. Bei dem Gedanken an ihn spürte sie ein warmes Schaudern, wohltuende Ruhe durchströmte ihren Körper. Irgendetwas Undefinierbares wallte in ihr auf, ein unbeschreibliches Gefühl der Endgültigkeit. Fühlte sich so der Tod an? Ohne dass es ihr bewusst wurde, begann sie nun, ihr eigenes Begräbnis zu planen. Ihr schönes Leinenkleid würde sie tragen, hellgrün, mit roten Saum und den gestickten Margeriten auf der Brust. In einem einfachen Fichtensarg wollte sie ruhen, der nach Holz roch, ohne jeglichen Firlefanz. Nur Waldkränze kamen infrage, mit großen Zapfen darauf und weichen Moospolstern. Hinter dem Kreuzträger würden die Lehrerkollegen würdig und ernst voranschreiten und sich Gedanken machen, warum es denn gerade die Besten waren, die früh sterben mussten, würden von einer Tragödie sprechen. Vor dem Sarg wie üblich Pfarrer, Mesner und Ministranten, dahinter ihre bemitleidenswerten Eltern, ihre Schwester, die schon lange in Deutschland lebte, und noch eine Handvoll weitschichtiger Cousins und Cousinen, Neffen und Nichten. Ein Wunschbild mit einem weinenden Raffl tauchte plötzlich auf, als Beweis dafür, dass er sie wirklich geliebt hatte.

Heftiges Schluchzen beendete ihre morbiden Gedanken. Es kam von hinten, von der Ladefläche, Karin war aus ihrer Bewusstlosigkeit erwacht. Ein leises Lächeln huschte über Susannes Gesicht, ein Hoffnungsstrahl, da die andere noch lebte. Doch so rasch dieser Gedanke kam, so schnell verflog er auch wieder. Was ist es schon wert, dachte sie, eine Stunde oder zwei länger zu leben? Sie waren beide einem Wahnsinnigen in die Quere gekommen, der wie von bösen Geistern gehetzt durch die Gegend fuhr, sodass der Wagen immer wieder ins Schleudern geriet. Die Hoffnung, dass seine verrückte Fahrweise auffiel, hatte sie längst aufgegeben. Nur einmal hatte der Lichtschein eines entgegenkommenden Autos das Wageninnere erhellt, sonst war die Straße menschenleer. Durch ihre Fesselung war es ihr unmöglich, auf die Uhr zu schauen. Sie wusste nicht, wo sie sich befanden, wie lange sie schon fuhren, wie spät es war. Auf alle Fälle weit über Mitternacht, so schätzte sie, vielleicht eins, vielleicht zwei? Die Strecke hatte viele Kurven, das hatte sie gespürt, und immer wieder war es bergauf und bergab gegangen. Sie stutzte, plötzlich fiel es ihr wie Schuppen von den Augen. Sein Weg führte ihn hinauf ins

Waldviertel! Diese Gewissheit schenkte ihr neue Hoffnung, denn dort war sie zu Hause, dort war alles anders, besser, dort war Heimat, Liebe, Geborgenheit! Kaum gedacht, kam der Wagen auf der regennassen Fahrbahn kurz ins Schleudern und ihr mühsam aufgebautes Kartenhaus fiel in sich zusammen. Gab es denn nicht auch in ihrem geliebten Waldviertel böse Menschen, die einander belogen, betrogen, verletzten, ja sogar töteten? Warum sollte es gerade dort anders als anderswo sein? Waren denn die Menschen nicht überall gleich, ganz egal, wo sie lebten?

Karin war zu solchen Gedanken noch nicht in der Lage. Der Schlag mit dem Gewehrkolben hatte nicht nur grässlichen Schmerz, sondern auch Erinnerungslücken hinterlassen, sodass die Ereignisse der letzten Stunden in dubiosem Licht verschwammen. Das Letzte, an das sie sich vage erinnern konnte, war das zornwütige Gesicht ihres Mannes, als er zur Tür hereinkam. Dann riss der Film. Orientierungslosigkeit verwirrte ihr Denken. Mühsam rekonstruierte sie, wo sie war und warum. Ihr Körper war steif und schmerzte. Erst nach und nach wurde ihr bewusst, dass sie wie ein frisch geschossenes Stück Wild in der unappetitlichen Wildwanne im Wagen ihres verhassten Ehemannes lag. Irgendetwas war schiefgelaufen. Warum war er schon am Freitag zurückgekommen, es war doch immer von Samstag die Rede? Hatte er etwas geahnt, hatte ihn jemand gewarnt? Sie war sich sicher, Irmgard, der Frau seines Jagdkollegen, nichts von Eberts Besuch und der Beschlagnahme der Schrotflinte erzählt zu haben, oder doch? Gab es in Rumänien österreichische Zeitungen zu kaufen? Hatte ihn sein viel gepriesener Jagdinstinkt davor gewarnt, in die Falle zu gehen? Konnte er mit seinem Handy im Internet surfen? Wie schon so oft in ihrer Ehe wurde ihr bewusst, wie wenig sie eigentlich über ihren Mann wusste. Langsam gelang es ihr, die Gedanken zu ordnen, doch ihre Angst wurde dadurch nur umso größer. Verzweifelt zog sie an ihren Fesseln, doch sie saßen zu fest. Ihre Augen gewöhnten sich langsam an das Dunkel. Was sollte, was konnte sie tun? Der Zustand der Hilflosigkeit heizte ihre Verzweiflung weiter an. Ihre Fantasie gaukelte ihr Bilder von Exekutionen vor, von Menschen, die mit verbunden Augen vor einer Mauer standen. Sie sah sich selbst als eines der Opfer, leblos zusammengesunken im Staub mit all ihren Träumen von einem neuen Leben in einem neuen Land mit einem neuen Mann an ihrer Seite. Sie kannte die unbarmherzige Jagdleidenschaft ihres Mannes, die Beharrlichkeit, mit der er das Wild zur Strecke brachte. Vor einigen Tagen hatte sie in den Nachrichten das schreckliche Bild einer Frau in Saudi-Arabien gesehen, die bis zur Hüfte eingegraben und von den Männern des Dorfes wegen ihrer Untreue gesteinigt wurde. Kalter Schauer lief über ihren Rücken. Auch sie hatte ihren Mann betrogen, auch sie würde nun mit ihrem Leben dafür bezahlen. Barmherzigkeit war nicht zu erwarten. Der Gedanken an ihre kleine Tochter trieb ihr abermals Tränen in die Augen. Wie würde sie reagieren, wenn sie erfährt, dass ihr Vater ihre Mutter getötet hat? Würde ihre kindliche Seele diesen Schock verkraften oder würde sie bleibenden Schaden davontragen? Die Großeltern waren alt, keineswegs in der Lage, ihr Enkelkind großzuziehen. Die Fürsorge würde sich einschalten, dass Kind zu Pflegeeltern geben oder gar in ein Heim stecken. Dieser Vorstellung war sie nicht mehr gewachsen und die Wut auf ihr Schicksal, die Wut auf ihren Mann, aber noch viel mehr die Wut auf sich selbst brach alle Schranken. »Mörder«, schrie sie immer wieder in die Stille des Autos, nur vom leisen Wimmern des Motors durchbrochen.

»Mörder, Mörder, Mörder!« Einen kurzen Moment schien es, als würde der Wagen langsamer werden. Dann tönte es gewaltig zurück, mit zornbebender, sich überschlagender Stimme. »Hure, Hure, Hure!« Den Bruchteil einer Sekunde stockte sie, um gleich darauf wieder mit ihrem Geschrei fortzufahren. »Mörder, Mörder, Mörder!« Sie wollte ihn bis zur Weißglut reizen, herausfordern, irgendwas Irrsinniges zu tun. Ihre Nerven lagen blank, ihr Verstand riet ihr zur Vorsicht, doch ihr Unterbewusstsein war stärker und drängte auf eine Reaktion. Besser ein Ende mit Schrecken als ein Schrecken ohne Ende, geisterte es durch ihren Kopf. Noch nie in ihrem Leben hatte sie solche lebensbedrohende Angst verspürt, die ihre Konzentration und Widerstandskraft lähmte. Als Kind hatte sie an Klaustrophobie gelitten, hatte sich allein in ihrem schmalen Zimmer gefürchtet. Dunkel konnte sie sich daran erinnern, dass sie mit ihrem Vater deshalb bei einem Kinderpsychologen war. Noch heute überfiel sie ein mulmiges Gefühl, wenn sie mit einem Lift fuhr, blieb ihr die Luft in Seilbahnkabinen oder in dicht besetzten Zügen weg. Sie hasste es, eingesperrt zu sein, sich nicht bewegen zu können. Hasste die Dunkelheit, die sie in diesem Augenblick umgab. Sie hasste ihren Mann, seine Brutalität, seine Eifersucht und fürchtete seinen Zorn. Deren Symptome waren ihr leidvoll bekannt und im Laufe der Jahre hatte sie gelernt, damit umzugehen und den Zeitpunkt des Ausbruchs genau zu taxieren, um ihm rechtzeitig zu entkommen. Doch jetzt gab es kein Entkommen und ihre Hoffnung, noch einmal mit heiler Haut davonzukommen, schwand von Minute zu Minute. Eiskalte Schauer jagten ihren Rücken hinab, als sie daran dachte, wie er sie damals in der Winzerhütte verdroschen hatte. Zwei Tage lang taten ihr alle Knochen weh und er verbot ihr, in das Lokal hinunterzugehen. Diese zwei Tage waren die einzigen in letzter Zeit, an denen er notgedrungen im Lokal mitarbeitete. Der Kellnerin erklärte ihr, dass die Chefin krank sei, er konnte ja nicht riskieren, dass man ihr blaues Auge bemerkte.

Sie wollte nochmals schreien, aber sie konnte nicht, die Angst hatte ihren Mund, ihre Kehle trocken werden lassen. Plötzlich vernahm sie unterdrücktes Stöhnen von der Rückbank her. Jetzt erst wurde ihr bewusst, dass es ja noch ein zweites Opfer gab, Susanne. Ihre Verzweiflung wuchs ins Unermessliche, durch ihre Schuld würde nun auch Susanne sterben. Was hatte sie ihr nur angetan! Sie allein traf all die Schuld an dieser Situation, aus der es keinen Ausweg gab. Sie hatte ihren Mann betrogen und musste dafür büßen. Ihr Mann hatte Susannes Mann erschossen, auch er würde dafür büßen. Geradestehen für seine schreckliche Tat vor dem Jüngsten Gericht. Doch Susanne war unschuldig.

Ihre trüben Gedanken kehrten zu ihrer Tochter zurück. Sie schlief jetzt sicher und geborgen in ihrem kleinen Bett bei den Großeltern. Seit sie in den Kindergarten ging, lief immer das gleiche Ritual ab. Sie holte die Kleine um ein Uhr dort ab, verbrachte mit ihr drei, vier Stunden im Bemühen, eine gute Mutter zu sein, daheim. Um sechs Uhr abends, knapp vor dem Aufsperren des Lokals, wurde sie vom Großvater abgeholt. Sie aß mit den Großeltern zu Abend und schlief dann in ihrem Kinderzimmer. Um acht Uhr früh brachten sie die Enkelin wieder in den Kindergarten. Samstag früh brachte sie der Großvater wieder zu ihren Eltern, wo sie übers Wochenende blieb. Jede Woche derselbe Rhythmus. Alle hatten sich daran gewöhnt, alle waren damit zufrieden. Auch an diesem Samstag würde ihr Vater die kleine Manuela wieder abliefern. Er hatte einen Schlüssel zum Haus, doch es würde leer sein.

Sie hoffte, dass er geistesgegenwärtig genug sein würde, um zu merken, dass etwas nicht in Ordnung war. Dass die Küche nicht wie üblich blitzblank geputzt war, ein paar Stühle umgestürzt waren. Würde er die Polizei anrufen? Sie hoffte es inständig. Ebert wusste, was zu tun war, nämlich die höchste Alarmstufe ausrufen und die Fahndung einleiten.

Karin spielte ihr Spiel weiter, sie hatte nichts zu verlieren. Sie holte wieder tief Luft und begann aus Leibeskräften zu schreien. »Mörder. Mörder. Mörder.« Jetzt riss ihm endgültig der Geduldsfaden. Beim nächsten Feldweg bog er ein, Sand spritzte auf, der Pajero kam zu stehen. Aufreizend langsam stieg er aus, ging hinter das Auto, öffnete die Hecktür. Feuchtwarme Luft strömte herein. Schlotternd vor Angst lag sie da. Sie fühlte ihre letzte Stunde gekommen und spuckte ihm ihre Verzweiflung ins Gesicht. Er aber grinste kaltblütig, hielt ihr das Gewehr an den Kopf. »Deine Zeit ist abgelaufen, du Schlampe. Mein ist die Rache, spricht der Herr! Du kennst doch das Gesetz von Schuld und Sühne und für jeden kommt einmal der Tag der Abrechnung, für all die großen und kleinen Sünden, die man begangen hat.«

In dem Moment, als er abdrücken wollte, fuhr langsam ein Tankwagen der Molkerei auf der Straße vorbei. Er fluchte lauthals, klappte die Tür zu, die Beleuchtung erlosch. Einen kurzen Augenblick sah es so aus, als würde der LKW stehen bleiben. Alle hielten den Atem an. War dies ihre Chance, der letzte Ausweg zur Flucht? Doch dieser allerletzte Funke der Hoffnung erlosch, zerrann so rasch, wie er aufgeflammt war. Vielleicht war sich der Lastwagenfahrer nicht sicher, ob und was er überhaupt in der Finsternis der sternlosen Nacht gesehen hatte. Er gab Gas, das Brummen des Motors wurde leiser und leiser und verlor sich in der Ferne.

Karin schrie angstvoll auf, als er die Hecktür wieder öffnete. Sie hatte mit ihrem Leben abgeschlossen, rechnete mit dem Schlimmsten. Hier, in diesem Wald, den sie nicht kannte, würde sich ihr Schicksal erfüllen. Ein unwürdiger Tod, gefesselt, ohne jede Chance, das Gesicht wahren, ihm gefasst entgegentreten zu können. An einem Samstag im August, im Graubereich zwischen Tag und Traum. Nie wieder würde sie einen Sonnenaufgang erleben, mit ihrer Tochter spielen, die Freuden des Lebens genießen. Todesangst mobilisierte ihre Körperkräfte, ihr Herzschlag beschleunigte sich, ein Adrenalinschub ermöglichte es ihr, mit den gefesselten Füßen auf ihn einzutreten. Doch er lachte nur, versetzte ihr einen Faustschlag ins Gesicht. Sie fühlte, wie ihre Unterlippe platzte, Blut über Kinn und Hals rann, ihre Bluse durchnässte. Wie paralysiert lag sie dort, jeder weiteren Gegenwehr beraubt. Grob zerrte er an ihren Fesseln, hob sie in die Höhe. Sie schloss die Augen, verweigerte ihm die Genugtuung, die Angst darin zu erkennen. Schlagartig wurde ihr bewusst, dass er sie nicht im Auto töten würde, denn dann würde ja sein neuer Jagdwagen mit ihrem unwürdigen Blut versaut werden! Im selben Moment aber stieß er sie wieder zurück, stopfte ihr mit aller Gewalt einen Putzlappen in den Mund. Ohne einen weiteren Blick schlug er die Tür zu und überließ sie ihrem weiterhin ungewissen Schicksal.

Während Karin mit aller Kraft versuchte, den ekelerregenden, mit Motoröl durchtränkten Knebel wieder auszuspucken, startete er und setzte den Wagen zurück auf die Landstraße. Unbeirrt fuhr er weiter, einem unbekannten Ziel entgegen. Müdigkeit begann ihn zu übermannen, die Augen brannten und er musste alle Energie aufwenden, um nicht einzuschlafen. Er verfluchte seinen Jähzorn, seine Eifersucht, seine Tat. Nun war er auf der Flucht und es dämmerte ihm, dass es keinen Ausweg geben würde. Er war ein Mörder und sie würden ihn bis an sein Lebensende jagen. Die Jagdreise nach Rumänien war eine Flucht vor der Wirklichkeit gewesen, an deren glücklichem Ende er von Beginn an gezweifelt hatte. Die Gewissheit, dass seine Frau alles gewusst und ihn dennoch nicht gewarnt hatte, reizte ihn zur Weißglut. Aber was hatte er erwartet?

Seine Uhr zeigte ihm, dass der Tag bald anbrechen und die Sonne alles ans Licht bringen würde, wie es in alten Geschichten immer hieß. Bisher war er eher planlos durch die Gegend gefahren, erst jetzt formte sich in ihm der Gedanke, wo und wie er die Sache zu Ende bringen würde. Wie von Furien gehetzt, stieg er nochmals aufs Gas, holte aus dem Pajero alles heraus, was seine 170 PS und das restliche Benzin noch hergaben. Ein halbe Stunde später fuhr er durch das schlafende Heimatdorf von Susanne. An der Kirche vorbei, am Gemeindeamt vorbei, an Raffls Haus vorbei, den Berg hinauf zum Forsthaus.

Am Horizont rötete sich der Himmel, als er in den Hof einfuhr, vor der großen Scheune stehen blieb. Milchiger Bodennebel wallte durch den Wald wie eine Daunendecke. Er stellte den Motor ab, zog Susanne mit den Füßen voran aus dem Auto und nahm ihr die Augenbinde ab. Sie blinzelte benommen, als er die Fußfessel entfernte. Jetzt erst erkannte sie die vertraute Umgebung. Sie wusste nicht, ob sie lachen oder weinen sollte. Um ihn nicht unnötig zu provozieren, blieb sie still.

»Wo ist der Haustorschlüssel«, herrschte er sie an. »In meiner Handtasche«, erwiderte sie ruhig, »und die ist in meinem Auto auf eurem Parkplatz!« Die Erleichterung, wieder zu Hause zu sein, war ihr anzusehen. Hoffnung keimte in ihr auf und sie fühlte, dass alles ein gutes Ende für sie und Karin nehmen würde. Hier, wo sie jeden Stein, jeden Baum kannte, würde sich eine Möglichkeit zur Flucht finden. Die Angst fiel von ihr wie ein schwerer Wintermantel zu Frühlingsbeginn ab. Der Drang, sich entleeren zu müssen, wurde stärker und stärker. Sie wollte, sie musste der Sache ein Ende machen.

Gefasst schritt sie zum Wohnzimmerfenster, schob mit ihren noch immer vor dem Körper gefesselten Händen einen Blumentopf am Fensterbrett zur Seite und holte den Ersatzschlüssel hervor. Doch als sie die Haustür aufsperren wollte, riss er ihr grob den Schlüssel aus der Hand. Sperrte selbst auf, schob sie vor sich her in das Haus hinein. Nun war es wieder vorbei mit ihrer Gelassenheit, das Gespenst einer möglichen Vergewaltigung geisterte schmerzhaft durch ihren Kopf. Hatte er ihr nicht Rache Auge um Auge, Zahn um Zahn, Möse um Möse geschworen? Übelkeit stieg in ihr auf, sie rannte ins Bad, um sich zu übergeben. Er aber war schneller, stellte seinen Fuß in die Tür und lachte schmutzig. »Du hast wohl gedacht, du könntest mich übertölpeln, meine Liebe, aber bei mir musst du früher aufstehen!« Mit aller Gewalt drängte er sie gegen die Tür, hob ihre Hände in die Höhe und band ihre Handfessel an den Haken, an dem immer Sepps Bademantel gehangen hatte. Sie trat nach ihm, doch er wich geschickt aus. Langsam knöpfte er seinen Hosenlatz auf und sah ihr dabei in die Augen. Als sie ihren Blick abwandte, lachte er irrwitzig auf. Er weidete sich am blanken Entsetzen in ihrem Gesicht. Plötzlich machte sich ihr Überdruck frei und es rann ihr warm zwischen den Beinen hinab. Als er es bemerkte, schüttelte er sich vor Lachen. Für sie stand fest, dass er nun endgültig durchdrehen würde. Er war ein Psychopath und sie war ihm ausgeliefert. Zu ihrem Erstaunen ging er jedoch nur zum WC, um seine Blase zu entleeren. Erleichterung überkam sie, als er seine Hose wieder zuknöpfte. Er ging zu ihr, hob ihr Kinn in die Höhe. »Aufgeschoben ist nicht aufgehoben, du bist noch nicht aus dem Schneider!« Dann band er sie vom Kleiderhaken los und zog sie wie ein wehrloses Schaf hinter sich her in Sepps Arbeitszimmer. Dort schob er den schweren Tisch in die Mitte des Raumes, drückte sie unsanft auf den Fußboden und band sie an den Tischbeinen fest. Vergewisserte sich kurz, ob die Fesseln auch gut hielten, stopfte ihr einen Knebel in den Mund und ging hinaus, nicht ohne zuvor das Telefonkabel aus der Wand zu reißen.

Einige Minuten später kam er wieder herein, seine regungslose Frau über der Schulter tragend. Wie einen Sack Kartoffeln warf er sie rücksichtslos auf den Boden, band sie mit den Rücken zu Susanne an die beiden anderen Tischbeine. Betrachtete bewundernd sein Werk und verschwand. Der Seufzer, der sich nun bei den beiden Frauen durch den Knebel rang, war mehr spür- als hörbar. Geräusche drangen in den Raum, als ob jemand eine Tür zuschlug. Susanne ahnte, was er tat. Er ging von Raum zu Raum und klappte die hölzernen Fensterläden zu, um sich für einen etwaigen Angriff zu verbarrikadieren. Dann hörte sie, wie er in der Bauernstube an Sepps Waffenschrank hantierte. Tränen traten ihr in den Augen, als ihr sein Vorhaben bewusst wurde. Ihr geliebtes Forsthaus sollte zum Kriegsschauplatz mit Karin und ihr als Geiseln werden. So abschreckend diese Situation im ersten Moment erschien, so bot sie auch die Chance, diesen Irrsinn an Leib und Seele unbeschadet zu überstehen. Mit den beiden Geiseln in Gewahrsam verbesserte sich seine Verhandlungsposition, da die Polizei ihr Leben nicht gefährden konnte. Welche Pläne er von

Anfang an gehabt hatte, war ihr fremd. Doch dieser Schachzug, der eher auf Zufall als auf sorgfältiger Planung beruhte, konnte ihm freies Geleit sichern.

16

Gegen acht Uhr begann der zweite Akt dieser beinahe griechischen Tragödie. Wie vereinbart wollte Karins Vater die kleine Manuela abliefern. Bereits als er die Tür aufsperrte, kam ihm die ganze Sache spanisch vor. Küche und Lokal waren in einem Zustand, den er so nicht kannte. Niemand war zu sehen, weder unten im Gewölbe noch oben in der Wohnung. Der Koffer seines Schwiegersohns, dem er nie so recht über den Weg getraut hatte, stand zwischen umgeworfenen Stühlen. Die Jagdausrüstung fehlte. Die Kassa stand offen, leer. Alle Zeichen deuteten auf einen hastigen Aufbruch. Manuela rannte ruhelos durch die Wohnung, rief nach ihrer Mutter. Der Großvater beruhigte die Kleine, sperrte wieder ab, vergewisserte sich, dass der Pajero nicht in der Garage stand. Ohne lange zu überlegen, rief er die Polizei an. Der Beamte, der den Anruf entgegennahm, war mit dem bislang ungeklärten Mordfall vertraut und verständigte sofort die Kriminalpolizei. Zufällig hatte Walter Dienst. Er vermutete sofort, dass etwas passiert sein könnte, und rief Ebert an, der dienstfrei hatte. Binnen einer halben Stunde trafen sie beim Heurigen ein. Karins Vater kannte die beiden Jäger, die mit seinem Schwiegersohn in Rumänien zur Jagd gewesen waren. Diese bestätigten unisono, dass sie wegen der verheerenden Regenfälle nicht wie geplant erst am Samstag, sondern bereits am Freitagabend nach Hause gekommen waren. Ja, so sagten sie aus, es wäre ihnen schon aufgefallen, dass ihr Kollege nicht besonders gut drauf war. Er hätte ihnen in Weinlaune vom Verdacht erzählt, dass seine Frau einen Liebhaber hätte, aber Namen gab er keinen preis. Nie war ihnen der Gedanke gekommen, dass ihr Freund den Förster auf dem Gewissen haben könnte.

In gewohnter Manier rekonstruierte Ebert, was wirklich vorgefallen sein konnte. Mit Karin hatte er ja vereinbart, dass sie ihn verständigen würde, sobald sich ihr Mann meldete. Doch nun war er überraschenderweise einen Tag früher heimgekommen. Da ihm bekannt war, dass der Heurige freitags geöffnet war, stattete er auch der jungen Kellnerin einen Besuch ab. Von ihr erfuhr er, dass die Frau Chefin Besuch von einer Dame aus dem Waldviertel erhalten hätte. Sie hatte von Anfang an das Gefühl, dass da etwas im Busch wäre, denn als der Bus mit den deutschen Touristen weg war, hat die Frau Chefin zugesperrt, obwohl es noch nicht einmal acht Uhr war. Sie bildete sich ein, das Bild der Frau in der Zeitung gesehen zu haben, und war sich so gut wie sicher, dass es die Försterswitwe war. Eigentlich hätte sie noch aufräumen wollen, wurde aber kurzerhand hinauskomplimentiert.

Ebert stöhnte auf, alles war schiefgelaufen, sein guter Plan durchkreuzt worden. Nach der Beschreibung der Kellnerin konnte die mysteriöse Besucherin nur Susanne gewesen sein. Was aber hatte sie hier zu suchen? Wollte sie sich an ihm rächen, wenn ja, dann wie? Wollte sie die Geliebte ihres Mannes kennenlernen? Ebert stieß einen wüsten Fluch aus, denn nun wurde die ganze Affäre noch komplizierter. In Windeseile kontaktierte er die Zentrale und forderte Verstärkung an. Der Mörder war flüchtig und hatte zwei Geiseln genommen. Höchste Alarmstufe wurde ausgerufen. In all der Hektik der Vorbereitung kam Ebert die entscheidende Idee. Seine Erfahrung, aber noch mehr seine Intuition trat an die Oberfläche. Er rief Raffl an, erklärte ihm, was vorgefallen war. »Du fährst auf Umwegen zum Forsthaus hinauf, am besten mit dem Moped, damit du nicht auffällst. Stell es am Waldrand ab und schleiche dich hin. Unternimm bitte nichts, das wäre zu gefährlich. Schau dich aus sicherer Entfernung nur um, ob du etwas entdeckst, was dort nichts, aber auch gar nichts zu suchen hat. Ich vermute, dass sich der Täter mit den beiden Frauen im Forsthaus verschanzt hat. Der Mann ist bis an die Zähne bewaffnet und unberechenbar. Wir dürfen das Leben der Geiseln nicht gefährden! Sei vorsichtig, er darf dich auf keinen Fall bemerken. Ruf mich an, wenn du dort bist. Erst wenn wir uns ganz sicher sind, fahren wir von hier ab!«

Raffl tat wie geheißen. Er kannte einen Hochstand in hundert Meter Entfernung, von dem das Forsthaus gut einsehbar war. Behutsam, so geräuschlos er konnte, drang er durchs Unterholz zum Hochstand vor. Gebückt schlich er von Baum zu Baum, stieg auf den Hochstand und nahm mit einem Fernglas das Haus in Augenschein. Im ersten Augenblick dachte er, dass es verlassen wäre, weil alle Fensterläden geschlossen waren. Sekunden später sah er ein grünes Auto im Hof, einen Pajero, wie er meinte. Das Kremser Nummernschild war gut zu erkennen. Raffl wähnte sich in einem der Abenteuerromane, die er als Schulbub so gerne gelesen hatte. Doch das, was er hier erlebte, war blutiger Ernst und er war mittendrin. Sein Herz klopfte wie verrückt, als er Ebert die Nummer des Pajero durchgab. »Es ist kein Mensch zu sehen, alles ist ruhig«, so berichtete er Ebert über Funk, »es ist nur sonderbar, dass die Fensterläden alle geschlossen sind.« Ebert wusste Bescheid, der Kerl hatte sich mit seinen beiden Geiseln im Forsthaus verschanzt. Da er Raffls Gefühle zu Susanne mehr als gut kannte, befahl er ihm den Rückzug. Er solle zum Polizeirevier zurückkehren, ohne viel Staub aufzuwirbeln, und warten, bis der Trupp der Kripo ankam. Raffl gehorchte, wollte vor allem Susannes Sicherheit nicht gefährden.

Als die Polizisten ankamen, besprachen sie die weitere Vorgehensweise. Mittlerweile war es taghell, an einen Überraschungsangriff war nicht zu denken. Ebert war in seinem Element. Er war ein guter Stratege und plante, das Forsthaus im Umkreis von hundert Metern zu umstellen und vorerst einmal Deckung zu suchen. Erst wenn Stellung bezogen war, sollte Raffl mit einem Kollegen durch die Kellertür von hinten in das Haus eindringen. Ebert selbst aber wollte mit einem Megafon den Mörder zur Aufgabe überreden, wenn möglich auch in ein längeres Gespräch verwickeln, um ihn von den beiden Frauen fernzuhalten. Wenn irgendwie möglich, sollte ein Feuergefecht vermieden werden. Jeder der Beamten bekam seinen genauen Part zugewiesen. Wieder und wieder wies Ebert auf die Gefahr hin, die ihnen drohte. Der Mörder, so explizierte er, wäre ein hervorragender Schütze und würde sich bis auf die letzte Patrone verteidigen. Es sei zu erwarten, dass er zwei Bockbüchsen und ausreichend Munition mithatte und im Notfall auch auf die Waffen des Försters zurückgreifen könnte. Außerdem wüsste er, dass man ihm einerseits auf den Fersen war, andererseits aber die Sicherheit der beiden Frauen nicht gefährden würde. Sollte es Raffl gelingen, die beiden unversehrt aus dem Gebäude zu schaffen, dann könne man getrost aus allen Rohren feuern, denn der Kerl hätte es nicht besser verdient. Ruhig und besonnen legten die Polizisten die kugelsicheren Westen an, überprüften nochmals ihre halbautomatischen Gewehre und setzten ihre Schutzhelme auf. Die Jagd konnte beginnen.

Innerhalb kürzester Zeit waren die Stellungen bezogen. Ebert instruierte Raffl, dass er nun eingreifen könne. Er solle aber um Gottes Willen nichts riskieren, leise sein und sich Zeit lassen. Raffl und der junge Kollege drangen durch die Kellertür, von der Raffl wusste, dass sie nie versperrt war, in das Haus vor. Das Funkgerät stellte er so leise wie möglich ein, um mithören zu können, was sich draußen abspielte.

Ebert, dem alten Fuchs, war sofort aufgefallen, dass am Giebelfenster im ersten Stock die Fensterläden offen standen, und er meinte, hin und wieder ein leichtes Rucken des Vorhangs zu sehen. Mit all seiner Routine als erfolgreicher Jäger hatte sich der Täter für dieses Fenster entschieden, da er von oben herab die Lage besser kontrollieren konnte. Hochstandmentalität wie im Lehrbuch. Ebert wartete ab, setzte auf Zermürbungstaktik. Nervenzerreißende Stille lag über dem Wald, als sei allen Waldbewohnern bewusst, dass sich hier etwas abspielte, bei dem es besser war, ganz, ganz weit entfernt zu sein.

Der Wirt stand hinter dem Vorhang. Beide Büchsen lagen griffbereit auf dem Tisch, daneben standen in Reih und Glied Patronen, wie Soldaten bei einer Parade aufgestellt. Unwillkürlich kamen ihm seine Jagdprüfung und das Buch *Der Jagdprüfungsbehelf* in den Sinn, welches er in- und auswendig kannte. Darin konnte man lesen:

»Unter Jagdbetrieb versteht man eine geordnete Jagdausübung in allen ihren Sparten nach den Regeln der Weidgerechtigkeit, den Erfordernissen der Sicherheit und den Geboten der Artenerhaltung bei zweckvoller Anwendung erfahrungsgemäß richtiger und zielführender Jagdmethoden. Oberstes Gebot im Jagdbetrieb ist, dass beim Umgang mit Schusswaffen jede Möglichkeit der Gefährdung von Jagdteilnehmern oder jagdfremden Personen ausgeschlossen wird. Um dieser Anforderung gerecht zu werden, muss die Wahl

der Jagdmethoden in erster Linie auf die Sicherheit von Personen und erst in zweiter Linie auf den zu erzielenden Jagderfolg abgestimmt werden.«

Die Erinnerung an die umständliche Formulierung kostete ihn nun ein Lächeln. Denn für die Jagd, die nun unumgänglich vor ihm lag, galten andere, härtere Regeln. Das Gebot der Arterhaltung und der Sicherheit der Jagdteilnehmer strich er aus seinem Gedächtnis. Zum allerersten Mal in seiner Jagdkarriere war er Jäger und Wild zugleich. Er machte sich keine Illusionen darüber, dass ihm sein letztes Halali bevorstand. Jagdrecht hin, Jagdrecht her. In aller Ruhe lud er seine Waffen.

Raffl, der gerade im Begriff war, die Stiege hinaufzuschleichen, hörte das Funkgerät knistern. Ebert teilte ihm mit, dass sich der Täter im ersten Stock befände und man ihn dort nun festnageln wollte. Sie sollten versuchen, unbemerkt in die Wohnung zu gelangen. Er schätzte, dass die beiden Frauen entweder in der Bauernstube oder im Arbeitszimmer gefangen waren. Die Befreiung müsse so rasch und geräuschlos wie möglich vor sich gehen, auch sei darauf zu achten, dass keine der beiden aus Angst schreien würde.

Raffl verstand. Sein Herz pochte wie wild, und dies nicht nur Susannes wegen. Es war sein erster Einsatz dieser Art, und obwohl er keinerlei Erfahrung besaß, musste er als Erster gehen, denn nur er kannte die Räumlichkeiten gut genug. Er nickte dem Kollegen, der hinter ihm stand, kurz zu und öffnete leise die Tür des Kellers, wagte es aber nicht, das Licht einzuschalten. Im mageren Schein der Taschenlampe tasteten sie sich vorwärts. Nichts war zu sehen. Ganz kurz nur hustete er in das Funkgerät, um es gleich darauf wieder abzuschalten. Genau in diesem Moment hörte er, wie Eberts Stimme aus dem Megafon schallte: »Hier spricht die Polizei, geben Sie auf, das Haus ist umstellt. Legen Sie Ihre Waffen nieder und kommen Sie mit erhobenen Händen heraus.«

»Hier spricht die Polizei«, begann er von Neuem, als der erste Schuss dröhnte. Raffl erkannte am Klang, dass es sich um ein Jagdgewehr handelte. Nun wurden mehrere Schüsse abgegeben, eine Fensterscheibe klirrte, Putz bröckelte ab. Eine zweite Salve folgte als Zeichen dafür, dass man den Täter in ein Gefecht verwickeln würde, um den Kollegen den Rücken für die Befreiung der Geiseln freizuhalten. Leise stiegen die beiden Polizisten die Stiege hinauf. Raffl blieb kurz stehen, legte sein Ohr an die Tür, doch nichts regte sich dahinter. Vorsichtig öffnete er die Tür einen Spalt breit und wagte einen kurzen Blick in den Flur, nichts war zu sehen. Links lag das Arbeitszimmer, gegenüber die Bauernstube. Instinktiv entschied sich Raffl für das Arbeitszimmer. Seine Nerven lagen blank, seine Hände waren schweißnass. Leise öffnete er die Tür. Susanne erblickte ihn und ihr Gesicht blühte auf. Raffl hielt den Zeigefinger warnend vor den Mund. Nun hatte auch Karin begriffen, dass die Rettung nahte. So schnell sie konnten, schnitten sie die beiden Frauen los und rannten mit ihnen ins Freie. Während der junge Kollege Susanne und Karin zum Mannschaftsbus begleitete, gab Raffl Ebert Bescheid, dass die beiden Frauen in Sicherheit waren. Wieder ertönten Schüsse aus dem Wald, wieder wurden sie vom Haus her erwidert. Dann herrschte eine unheimliche Stille.

Raffl atmete auf, die Sache war ausgestanden, Susanne, seine Susanne wieder frei. Seine Hände zitterten noch immer vor Aufregung, als er das Funkgerät ausschaltete. In diesem kurzen Augenblick der Unachtsamkeit, die seiner Unerfahrenheit zuzuschreiben war, krachte es hinter ihm. Die Kellertür flog auf und der Mörder lief heraus, stolperte und riss Raffl zu Boden. Bevor Raffl, der ja auch seiner eigenen Einschätzung nach nur ein biederer Dorfpolizist war, reagieren konnte, zog ihn der rabiate Heurigenwirt am Jackenkragen in die Höhe, legte ihm die Hundeleine um den Hals und schob ihn als lebendes Schutzschild vor sich her. »Ich hab euren Freund am Kragen«, schrie er wütend in den Wald hinein, »stellt sofort das Feuer ein, sonst ist er ein toter Mann! Auf einen mehr oder weniger kommt es nicht an.«

Wiederum wurde es still. Meter für Meter trieb er Raffl vor sich her in Richtung der oberen Forststraße. Ebert bellte in das Megafon. »Machen Sie keinen Unsinn, geben Sie auf, es gibt kein Entkommen. Lassen Sie Raffl frei.«

Den Mörder kostete diese Aufforderung nicht einmal ein Lachen. Immer weiter entfernte er sich mit Raffl im Rückwärtsgang vom Forsthaus. Ebert hatte seine Kollegen aufgefordert, in Deckung zu bleiben und gegebenenfalls zurückzuweichen, um Raffls Leben nicht zu gefährden. Er aber folgte den beiden Schritt für Schritt, immer wieder das Megafon bedienend, immer wieder den Mörder zur Aufgabe auffordernd. In großem Abstand vom zur Untätigkeit gezwungenen Interventionsteam zogen die drei tiefer in den Wald hinein, einer todgeweihten Prozession ähnlich, aus der es kein Entrinnen gab. Nur der Pfarrer fehlte. Unheimliche Stille lag über dem Wald, knisternde Spannung in der Luft. Geschickt nutzte der Mörder den dichten Baumbestand zu seiner Deckung. Dieser Umstand und der ständige Wechsel von Licht und Schatten erlaubten keinen gezielten Schuss. Plötzlich erkannte Ebert, dass sie sich dem Nonnenloch von der anderen Seite her näherten. Die uralte Weisheit, dass der Mörder immer wieder an den Tatort zurückkehrt, hatte sich als richtig erwiesen.

»Geben Sie auf, Sie haben keine Chance. Lassen Sie Raffl frei und legen Sie Ihre Waffen nieder!«

»Lebend kriegt ihr mich nicht, ich geh nicht in den Häfen«, kreischte Karins Mann, sichtlich mit seinen Nerven am Ende. »Vorher aber knall' ich euren Kollegen wie einen tollwütigen Hund ab, ist ja nur ein Kieberer, ein Mensch zweiter Klasse!«

Ebert wusste, dass dieser Augenblick gefährlich war. Ein falscher Schritt, ein Wort zu viel und die Tragödie würde ein hässliches Ende nehmen. Bis zur Bewusstlosigkeit wurde ihnen das bei den Schulungen immer wieder eingetrichtert. Ruhe bewahren, die Nerven nicht verlieren, nicht überreagieren. Konzentriert bleiben, einzig und allein auf den Täter fokussieren. Alles ausblenden, was ablenken könnte. Den Täter nicht unüberlegt provozieren, keine Panikreaktion herausfordern und behutsam darauf warten, dass der andere den ersten Fehler macht. Diese Weisheit kam stets von Psychologen, die selbst noch nie einer solchen Gefahr gegenübergestanden waren. Von Schreibtischhengsten eben, weit weg von der unbarmherzigen Realität des Augenblicks.

Er blieb stehen, legte das Megafon auf den nadelbedeckten Waldboden. Das Keuchen der beiden war deutlich zu vernehmen. Raffl war ein schwerer Mann und der Wirt musste all seine Kraft aufwenden, um ihn den Hang hinaufzuzerren. Erfreut nahm Ebert zur Kenntnis, dass sich Raffl dabei äußerst geschickt anstellte, indem er sich leblos gab und mit dem Schuhabsatz bremste. Fünfzehn Meter noch, dann würden sie oben auf der Felskuppe sein. Wie gebannt betrachtete Ebert den letzten Akt dieses Schauspiels. Schweiß stand ihm auf der Stirn, rann ihm den Rücken hinunter bis zu den Pobacken. Aufreizend langsam setzte er Schritt vor Schritt. Unmerklich im Halbdunkel des Finsteren Grabens hob er seine MP Zentimeter um Zentimeter. Es waren nicht mehr als fünfzehn, maximal zwanzig Meter, die zwischen ihm und dem Felsen lagen. Mit Hoffen und Bangen erkannte er, dass sie nun oben auf der Kuppe des riesigen Felsgebildes angelangt waren. Eberts Nerven waren zum Zerreißen gespannt, doch seine Aufmerksamkeit ungetrübt wie eh und je. Seine gesammelte Energie galt nicht dem Mörder, sondern dem Kollegen. Bitte, lieber Raffl, reiß dich jetzt zusammen, der entscheidende Moment zwischen Leben und Tod ist gekommen. Tu bitte nichts Unüberlegtes, aber mach irgendetwas, das den Täter ablenkt, damit ich die Chance auf einen Treffer bekomme.

Raffl verspürte die Energie, die ihm der andere sandte. Susanne war in Sicherheit, war sein erster Gedanke. Er liebte sie und war sich ihrer Gegenliebe gewiss. Doch zuvor galt es, diese grässliche Situation unbeschadet zu überstehen. Sein Gehirn lief zur Höchstform auf. Er wollte nicht sterben, nicht hier durch die Kugel eines Wahnsinnigen. Was sollte er tun? Konnte er sich auf Ebert verlassen? Es war bekannt, dass der Wirt ein guter Schütze war, doch wie stand es mit Eberts Schießkunst? Die Sicht im Helldunkel des Waldes war nicht optimal, das Schussfeld durch Bäume eingeengt. Der erste Schuss musste sitzen, sonst war es aus mit ihm. Das Risiko war groß, musste aber eingegangen werden. Raffls Augen verengten sich zu kleinen Schlitzen. Er konzentrierte sich auf Ebert, wartete auf ein Zeichen.

Ebert nickte kurz. Im selben Moment ließ sich Raffl fallen. Landete hart am Stein, rollte sich über die rechte Schulter ab, wie er es vor langer, langer Zeit beim Judo gelernt hatte. Trat noch im Fallen dem Mörder in die Kniekehle. Zwei Schüsse gellten durch die Luft. Raffl sah den Mündungsblitz aus den Augenwinkeln, roch den Pulverdampf, der Knall der Bockbüchse aus so kurzer Distanz sandte einen schmerzhaften Stich in sein linkes Ohr. Der schwere Körper des Heurigenwirtes lastete sekundenkurz auf seinen Beinen, dann sank er wie in Zeitlupe langsam nach vorne, um dann über den Rand des Felsblocks in die Tiefe zu stürzen. Für einen unvergesslichen Augenblick meinte Raffl, den erstaunten Blick des fallenden Wirtes auf sich zu spüren.

Ebert hatte geistesgegenwärtig reagiert, als er sah, wie Raffl fiel. Instinktiv ließ der Mörder die Hundeleine los und riss sein Gewehr in die Höhe. Bevor er noch gezielt schießen konnte, traf ihn Eberts Schuss in die Brust. Des Mörders Kugel aber peitschte über den Wipfeln in den Wolkenhimmel. Fasziniert sah Ebert, wie der Wirt seine Arme in die Höhe riss, nach vorne kippte und in die Tiefe stürzte. Einmal schlug der leblose Körper auf einer Felsenkante auf, drehte sich um die eigene Achse und blieb dann über der Felsenspalte hängen – genau dort, wo er den toten Oberförster versenkt hatte.

Es war vorbei.

Es ist ein heißer Tag und der Polizeibeamte hat keine Lust auf den langweiligen Dienst an der österreichisch-tschechischen Grenze, wo immer noch Schlepper ihr menschenverachtendes Geschäft treiben. Er meldet sich krank und geht Schwammerl suchen. Doch mit einem Mal gerät die idyllische Situation völlig aus der Kontrolle, und eine Frau aus Tschetschenien liegt tot auf dem Boden. Der Jäger wird zum Gejagten ...

Ernest Zederbauer
MORD AN DER GRENZE
Krimi

168 Seiten, 13,5 x 21,5 cm
€ 19,99
ISBN 978-3-85485-314-5

molden verlag

Staub zu Staub, Erde zu Erde? Schön und gut - aber muss man das gleich so wörtlich nehmen? Muss der alte Bauer wirklich ins Gras beißen? Das geht auch für Ökofreaks zu weit! Christina Kayserling vom Kriminalreferat Steyr taucht ein in eine seltsame Lebenswelt von Fundamentalisten und Aussteigern - und in Konflikte an der Bruchlinie von Gesellschaft, Familie und Mordlust.

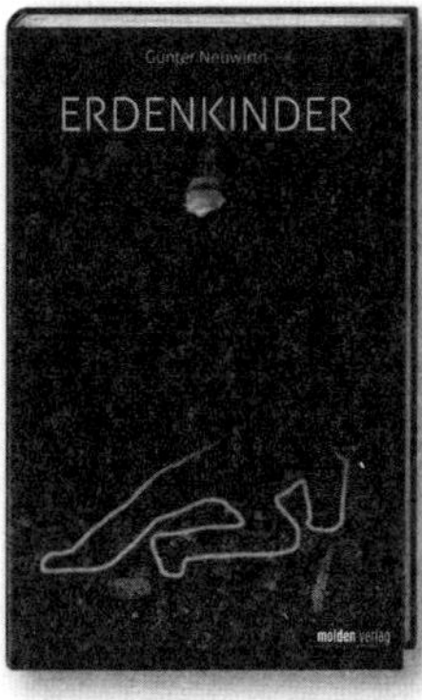

Günter Neuwirth
ERDENKINDER
Krimi

264 Seiten, 13,5 x 21,5 cm
Gebunden mit SU
€ 19,99 · ISBN: 978-3-85485-307-7

Als sich die Neumondnacht über das Alpenvorland senkt, weiß Fleischbaron Herbert Felder noch nicht, dass er den herbstlichen Sonnenaufgang nicht mehr erleben wird. Wer hat das Leben des einflussreichen Industriellen vor der Zeit beendet? Böse Neider oder alte Feinde? Militante Tierschützer? Diesen Fragen müssen sich Christina Kayserling vom Kriminalreferat Steyr und der patente Landpolizist Raimund Brandstätter stellen.

Günter Neuwirth
NEUMONDNACHT
Krimi

280 Seiten, 13,5 x 21,5 cm
Gebunden mit SU
€ 19,99 · ISBN: 978-3-85485-326-8

molden verlag

ISBN 978-3-222-13443-2

Wien – Graz – Klagenfurt
© 2014 by *Styria Krimi* in der
Verlagsgruppe Styria GmbH & Co KG
Alle Rechte vorbehalten.

Bücher aus der Verlagsgruppe Styria gibt es
in jeder Buchhandlung und im Online-Shop
styriabooks.at

Das Zitat auf S. 150f. stammt aus: Der Jagdprüfungsbehelf, Österreichischer Jagd-und Fischerei-Verlag des N.Ö. Landesjägerverbandes, 1982, S. 383, Kap. »Jagdbetrieb«.

Lektorat: Prof. Rainer Lendl
Cover- und Buchgestaltung: Bruno Wegscheider
Layout: Hannes Strobl
Coverfoto: istockphoto/ioseph

Druck und Bindung:
Druckerei Theiss GmbH, St. Stefan im Lavanttal
7 6 5 4 3 2 1
Printed in Austria